文芸社セレクション

少年少女

岡　光

OKA Hikaru

文芸社

目次

秋のコント

先生にうながされ、鞠子《まりこ》という名の転校生が教壇に上がると、室内は水を打ったように静まり返った。突然訪れた静寂とは裏腹に、うだるような残暑の熱気で沸騰している温度がますます上昇するのだった。ひとり残らずかたずをのんで教壇の上を見つめていた。しかし、先生が「鞠子さんが皆さんと一緒に勉強できるのは二か月だけですが、仲良くしてくださいね」と言葉を添えると、張りつめていた教室の空気はまたたく間に抜けてしまった。あっけにとられたといってよい。

表情こそ強張っているものの、鞠子は堂々と胸を張って教室中を見わたし、自分が博多という町から来たこと、そして皆に仲良くして欲しいという願いを手短に伝えて一礼する。練習を積んだに違いないが、アクセントには隠しようもないお国訛《なま》りが残っていた。

この暑さにもかかわらず、白いブラウスに紺のジャケットをはおり、入学式にのぞむようないでたちである。しかし、服そのもののサイズが明らかに大きすぎるせいか、借り物かお下がりだというのがひと目でわかる。身体そのものが服の中に埋められているかのように見える。

席に着いた鞠子が、かさばった紙袋から数冊の教科書を抜き出すのを、周囲の子らが物珍しげに眺めていた。教科書はよれよれの使い古されたもので、おそらく学校から貸し出されたものに違いない。

その日のうちに鞠子は陰で「おふる」と呼ばれることになった。しかし、そもそもこのクラスにはお古に縁のない生徒などいないのだ。大きくなった兄弟や従兄のお下がりがあてがわれるのは、ごくありふれたことである。だから、年齢が上がるにしたがい、お古が格好悪いものだという感覚が芽生えてきても、子供たちはそれをあからさまに口にすることをはばかるのだった。しかし、教科書まで「お古」となると、この言葉を口外するのにためらうことはない。

陰口ではありがちのことであるが、このあだなは数日もしないうちに鞠子の耳にも入った。

昼休みに鞠子は運動場へ飛び出して行く同級生の後を追いかけ、結局相手にされないまま教室へと戻ってきた。そこには浩がひとり残っている。金魚の水槽の掃除当番にあたり、休み時間が半分つぶれていたのだ。

すくい網を使い、金魚を水が張られた広口瓶に移しかえていく。すばしこい魚を網に入れるのも大変だが、網から瓶に放り込むのもコツがいる。次に煤でくすんだビーカーをひしゃく代わりにして、水槽の水をバケツへ捨てていく。底石が浸る程度まで水かさが減ると、スポンジでなするように水槽の内側を磨き上げるのだ。突然肩越しに鞠子の声がした。しばらく浩の様子を探っていたらしい。

「ほんなこつ大変ちゃ。お手伝いするたい」

浩は首をひねって声の主を認めると、「ひとりでするからいい」と言い放つ。

鞠子はなおも「自分もやり方を覚えたいから」と食い下がるのだが、浩は見向きもしない。前日からバケツに取り置いてあった水を水槽に流し込む。そして広口瓶を傾け、金魚を注ぎ入れたとき、力加減を間違えたか、水しぶきが水槽の外に飛び散ってしまった。これを見て、鞠子が急いで駆け寄る。ハンカチを取り出し濡れ跡をぬぐうと、わずかに満足の表情を浮かべるのだ。

その時、教室の後ろの引き戸が勢いよくあき、同じクラスの義春が顔を出した。幼稚園からの仲間で、たとえ当番ではなくても教室にこもることが好きな浩を、屋外へ引っ張り出す役回りを担っている。

「浩くん、早く来なよ、休み時間終わっちゃうよ」

ふたりが廊下へ飛び出すと、鞠子も慌てて後を追う。今度こそ校庭で遊べそうだ。その気配を察し、浩と義春は駆け足となった。玄関での外靴への履き替えで距離をかせぎ、なおもふたりは走り続けると、追いすがる鞠子を振りきることができた。


その日寝床の中で、庭の夜闇のずっと向こうから伝わってくる犬の遠吠えに耳を澄ませていると、ふすま越しに両親の会話が聞こえてきた。

「浩に聞いたら、今日転校して来たみたいね」と、口火を切ったのは母親である。

「例の子供らか。浩のクラスにひとり入ったのだね」

父は新聞を開いているのだろう。気乗り薄な応答に、母の声が少し高くなる。

「先生のお話だと、旅芸人の家族だということよ。どうしてここに居るのでしょう。船橋の方で興行しているらしいから、あちらに住めばいいのに。それはそうとして、あの辺りに劇場なんてあったかしら」

少し間があってから、父のくぐもり声が伝わってくる。

「それは知らないけど、ヘルスセンターもあることだし、船橋ならいろいろあるのじゃないかな。どんな興行か分からんが、チャンバラみたいな出し物なら、小さな舞台ひとつあればどこででも出来るじゃないか」

「とにかく小学生を連れて巡業するのは、親としてどうかと思うわね。先生もいい迷惑だと嘆いていらしたわよ」

そして、次のように結論づけた。「浩には持ち物に気をつけるようにさせるわ。何か盗《と》られても、その子たちが居なくなった後に気づいたら文句も言えませんからね」

母の見解に対しつぶやくように父が感想を述べるも、浩の耳までは届かない。こんな会話が、クラスのどこの家でも取りかわされたのか、翌日になると、生徒のほとんどがますます転校生から距離を置くようになっていたのだ。

休み時間の話の輪に割って入っても、鞠子に声をかける子は誰もいない。彼女が覚悟を決めて、おずおずと周囲に話しかけたところで、素知らぬ顔をされるばかりだ。鞠子は日をおかず、同級生に近づくことをやめ、同級生側も鞠子への関心を消し去ってしまった。一度、音楽の授業で、鞠子が持参の布袋からたて笛を取り出した時だけは、久しぶりにクラスの関心を呼び起こすことになった。それが新品なのかお古なのかというせんさくが、教室の隅でかわされ、学校からの借り物だろうということに落ち着いたのだ。

聞こえているのかいないのか、その間鞠子はうつむいて、じっと机のおもてを見つめていた。

浩の左斜め前方、窓ぎわの列に毬子の席がある。黒板の文字を追うことに飽《あ》いて、浩が窓ガラス越しに空をながめていると、鞠子の耳と首筋が視界に入ってきた。秋も深まり、白い雲が空の高みで無数の細い縞模様をえがいている。鞠子は授業にあまり身が入らないようである。浩が雲を観察する時分には、決まって鞠子もちらちら窓の外を見ている。そのくせ手もとは熱心に動き、ノートに何事かを書きつけている。同級生とのおしゃべりをあきらめたせいか、休み時間も同じ調子でノートにかかりきりになっていた。

休憩時間に、浩が何とはなく肩越しに鞠子のノートをのぞき込むと、そこに描かれていたのはスタイル画のデッサンであった。若い女性が立ち並び、それぞれが趣向をこらした服をまとっている。一様に痩せぎすで、髪が肩の上あたりで跳ね上がり、大きな瞳を見開き、ある者はごう然とある者は無心にこちらをにらんでいる。見ようによっては、鞠子に生き写しだと思えないこともない。

その時である。頭の後ろに目でもあるのか、鞠子がキッと振りかえった。浩の額の辺りを下から見上げ、とたんに顔中をほころばせる。初めて見る鞠子の笑い顔だ。

「なん見よーと。恥ずかしか」

ぶすっとした顔で浩がにらむと、鞠子はノートをパンと閉じてささげ持ち、生まれて初めての読者に渡そうとした。あわてて浩はそれを払い除け、勢い良く席にもどる。自分の軽はずみ加減が恥ずかしくて、ほおも耳も熱くなっている。次の授業からは、黒板からずっと目を離さないように歯を食いしばるのであった。

授業中の鞠子の態度に先生が気づかないはずはないのだが、一度も注意を受けることはなかった。彼女の母親が学校に呼び出されたのは、全く別な出来事によるものである。

ある日の休み時間、席へ戻った鞠子が急にそわそわし始めた。色のあせたランドセルの中を何度もさぐり、かがんで床の上を見まわし、あげくは隣近所の机あたりにしきりに視線をめぐらすのだ。そして、授業がひけると、きょろきょろしながら教室中を巡り歩くのである。掃除当番で残っていた浩が雑巾がけの手をとめた。浩も失せものの名人なので、仲間を見つけ、つい嬉しくなったのである。そして、からかい気味に軽口をたたこうとし言葉をのみ込んだ。あまりにせっぱつまった鞠子の気色にのまれてしまったのだ。教壇横の机で書き物をしていた先生が顔をあげ「鞠子さん、何か探し物ですか」と声をかけると、鞠子は少し迷った表情を見せたが、あげくに「何でもありません」ときっぱり答え、教室から飛び出していくのであった。

　翌朝である。浩が登校すると、すでにかなりの生徒が教室にそろっていた。顔ぶれは同じだが、いつもの朝より騒がしく、教室の後方に群れつどっている。

　ばらばらにされたノートの頁が、何枚か壁に画鋲でとめられていた。いつも始業間際に現れる鞠子が、この朝は浩に踵《きびす》をせっするように駆け込んできた。そして、自分の描いたスタイル画が壁一面にさらされているのを目の当たりにしたのだ。

　鞠子は辺りで立ちつくす同級生らを見まわすと、きっと口もとを締めて、人垣の後ろから様子をうかがっていた女生徒のもとへまっしぐらに向かった。いつも三つ編みにしている亜紀という生徒である。

「あんた、なんばしよっと。あんたが犯人なんは知っとるよ。好かん」と、鞠子が両拳をぐっと結んで叫んだ。浩は狐につままれたように、その場をながめていた。この亜紀という同級生と鞠子の関わりがつかめない。友だちづきあいが狭い浩のあずかり知らぬところで、このふたりの間に悶着《もんちゃく》が生じていたのだろう。詰め寄る鞠子の前から亜紀が身をひるがえすのと、つかまえようとする鞠子の手が亜紀の肩のへんに届くのが同時だった。亜紀は鞠子の手を振り払うように駆けだすと、ゆくての机に音をたててぶつかり、ついで床に倒れて突っ伏してしまった。そして、引きつけでも起こした調子で泣きだすのであった。
昼休みに校門から入ってきた女性が鞠子の母親であることに、浩らはすぐに気づいた。正門は校庭からずいぶん距離があるのだが、多くの生徒がそちらに注意を払っていたのである。鞠子の母が校長に呼びだされたという噂は、保健室から戻ってきた亜紀によってもたらされ、広がっていた。その母親は明るいしぼり柄のワンピースに薄手のカーディガンをはおっている。この季節には不思議とそぐわない装いであった。季節だけではなく、彼女の年齢、彼女が今ある場所からも浮いているのである。胸を張り、落ち着き払って行進する様子は、鞠子のたたずまいとつながるところがありそうだ。彼女が校舎のへりをたどり、来客用玄関にその姿が吸いこまれるまで、校庭の喧騒《けんそう》は絶えたままであった。

幾日か後のことである。抜けるような青空はずっと続いているが、頬にあたる風は冷たく、数日前まで群をなしていたアキアカネは忽然《こつぜん》と姿を消していた。放課後に浩と義春は示し合わせて校門を発《た》つと、通学路からそれて、コンクリート工場へ通じる脇道に入った。五分ほど進むと、円すい形に高く積まれた砂の山がいくつも並ぶ空地にぶつかる。人の姿があったためしはないのだが、来るつどに、以前にあった砂山が消えていたかと思うと、その隣に天をつくほど高い山が新たに現れていたりする。ここが今、ふたりのお気に入りの遊び場なのだ。遊びといっても、砂山をよじ登り、てっぺんから地上の風物をながめると、次に勢い良く駆け下り、その勢いのまま隣の砂山を駆け上るという単純なものである。しかし、砂は崩れやすく足もとがもろいので、上手に足を運ばないと上り下りの途中で立ち往生してしまう。遊び終えると、靴の中が砂だらけになるのだが、そこにたまった砂粒の分だけ満ち足りた気分になるのだ。

頂《いただき》でふたりが勝ち誇った顔をして下界をながめていると、義春が先に気づいた。

「おふるのやつが来るぞ」

鞠子が砂山の裾から登ってくるのが浩の視界にも入った。足を踏ん張り、目尻をつり上げ、細面の白い顔が真っ赤になっている。

「おまえが来るところじゃないぞ」という義春の声を無視し、鞠子はぐんぐん上がってくる。頂上が近づき傾斜がきつくなるところで、一、二メートルずり落ちるも、四つんばいとなって難所を乗りこえ、ふたりの隣に突っ立つことができた。

「うちも仲間に入れて」と鞠子はせっぱつまった口調でお山の大将らにせまる。そして、不意に指先に力を込めると、がっしりと浩のかいなをつかんだ。その圧力の強さに驚いた浩が、はじくように鞠子を突き飛ばす。

鞠子は宙へ放り出され、いっしょに浩も、つかえ棒を外された木偶《でく》人形となって飛びだし、真っ逆さまに砂山を滑り落ちる。中腹までずり下がり、砂にまみれる鞠子と重なるように止まったところで、鞠子が体をねじって起き上がり、呆然としたままの浩と顔を突き合わせた。ふたりとも髪の中まで砂だらけである。そして靴の下では砂のダムが決壊しかけ、腰から下がゆらゆらと揺れている。鞠子はたかぶりを抑えきれないのか、目を見開き、こらえ切れずに吹きだす。ほがらかで弾けるような笑顔である。

浩がひと突きすると、鞠子は砂山のすそまで転がり落ち、そこでうなるように泣き始めた。義春が浩のもとへすべり下りてくると、ふたりは上体だけをやっと起こしている鞠子の横をすり抜け、わめき声が届かないところまで懸命に走りつづけた。

この日が鞠子の最終登校日となった。木枯らしが初めて吹いた日である。

鼻の頭がくっつきそうなほど間近で、髪にかかった砂を払いおとしながら、この上もなく幸せそうな笑みを浮かべる鞠子の顔は、生涯、浩のまぶたの裏から消えることがなかった。

潮の満ちひき

丸さんとその息子が玄関口に並んで立っている。丸さんは小柄でがっしりとしており、五分刈りの頭にハイキング帽をかぶっている。

「よろしくお願いします」と母親が深々とお辞儀をして、頭のてっぺんから足のつま先まで見事に硬直したままでいる浩のお尻を、手のひらでポンとたたいた。

丸さんはよく通る野太い声で、「おまかせください」とうけ合い、「今日は旗日の上に天気もいいから、かなり人出がありますよ。浩くん、おじさんから離れては駄目だよ」と腰をかがめ、こちらの顔を覗き込むようにしてさとすのだ。ギョロッとした大きな目が愉快でたまらなそうに輝いている。

潮干狩りに行くことになったのは、そもそも浩がクラスの話題に気持ちをかき立てられ、両親に干潟行きをせがんだことがきっかけである。それがいつしか近所の小父さんに伴われての行楽へとすり替わってしまったのだ。丸さんは近所住まいというだけではなく、浩の父親と勤め先が同じで、親同士の気心が通じていたのである。丸さんの息子は一学年上級で健太といった。浩も顔は知っていたが、登下校仲間ではないので、ほとんど話したことがない。これも浩の気後れの理由のひとつだった。

門のところで、丸さんがふと思い出したように立ち止まり、見送りに出た浩の母に問いかけた。

「ところで、お宅はバカ貝の方はどうです」

母は一瞬その問いかけの意味を解しかねたようだが、ついに「うちは困ります。頂きませんから」と笑顔で、しかしきっぱりと首を横にふった。丸さんは何か言いたげな素振りを見せたが、軽くうなずくと再び子供たちの先頭に立って歩き始めるのだった。

干潟までの道のりは、広大な麦畑を突っきり小一時間もかかるのだが、そのおかげで浩は健太とずいぶん打ち解けることができた。健太は今熱中しているテレビ番組の面白さを懸命に浩に伝えようとし、浩の方はそれほど熱心にテレビを観たことがないのだが、健太の話しぶりに引き込まれていったのである。その上、上級生から熱心に語りかけられるという晴れがましさが加わり、張りつめていた気持ちがとけていくのだった。

小学校の校舎を後にして、駅前の住宅街を通り抜ける頃になると、あたりに潮の香りが漂い始める。そして、海辺の遊園地の方角から様々な音色が風に乗って届き始め、じきに観覧車が見上げられるようになるのだ。

見渡す限りの大干潟が現れた。干潟の最果てはそのまま海に達するはずだが、黒々とした砂泥地《さでいち》がはるか先まで続き、海原とおぼしきものは一本の白線となり、空と地をへだてているばかりである。干潟を覆う大気は、強い日差しを跳ね返す潮だまりの乱反射を受け、ずっと天までつき抜けている。

丸さんが心配したように人出は確かに多いが、大砂原というこの舞台が広すぎるせいか、浜辺の漁場《りょうば》はかなりゆとりがありそうである。

潮が引き十分乾ききった砂地に丸さんが敷物を広げ、そこが本日の根城となった。

浩は急いでズック靴を脱ぎ、ビーチサンダルに履きかえる。熊手とブリキのバケツを手に、いよいよ初陣である。丸さんは数か所を試すように穿《うが》っては首をかしげ、子供らを段々に沖へと誘導していく。そして、引きそこねた水が薄く砂地をおおう渚まで進み、「ここが豊漁、豊漁」と連呼し、勢いよく熊手をふるい始める。ここまで来ると、浩は踏ん張りのきかないサンダルが足手まといとなり、丸さん親子にならって裸足となった。丸さんが「それあずかっておくよ」と言い、浩の手からからサンダルを受け取り、潮だまりで泥を落とすと、赤いベストの大きなポケットにしまいこむ。

なるほど熊手でかくたびに、ころころと二枚貝が掘り起こされる。足の裏に小石のような感触があり、指の先を砂にねじ込むと、果たしてそれも貝である。獲物のせいで浩のバケツはたちまち底が見えなくなった。

丸さんがかたわらに置かれた浩のバケツをのぞき込む。そして、中からいくつかつまみ出し手のひらにのせると、潮のわずかな上澄みで表面の砂をそそいだ。

「浩くんのアサリには随分とバカ貝が交じっているな。浩くんの家ではバカ貝は食べないそうだから、これは置いていった方がいいね」

そして隣にしゃがみ込むと、自分の手のひらに貝をふたつ並べ、目の前で広げてみせる。

「こっちがアサリでこっちがバカ貝だ。模様が違うだろう。手触りもギザギザとつるつるだから分かるよね。バカ貝は砂抜きが大変で嫌われるのだよ。おじさんの家では少しだけ料理するから浩くんの貝をいくつかもらうけど、残りは海に戻すといいよ」

浩は丸さんが見守る前で、バケツから一つずつ選んではより分け、バカ貝を浅い潮だまりに放り込んでいった。じきに、指の先で確かめなくても一目で見分けがつくようになる。余計な獲物が消えてしまうと、肝心のアサリは数えるほどしか残っていない。浩はますます熱心に熊手を振るうが、行く手をバカ貝の巣にはばまれ、なかなかバケツが重くならない。

空では薄雲がすっかり取り払われ、太陽からの照射が干潟全体を鏡のように輝かせている。振り返ると、観覧車が陽炎《かげろう》に包まれもやもやと揺らめいている。先ほどから、上空を渡る鳥の声に交じり、人の名を呼ぶ声が沖合から聞こえていた。それがあまりにも何度も繰り返されるので、浩は落ち着かなくなり、時々首を伸ばしては、きらきらとする日の乱反射でかすむ沖合に目をこらすのだった。視線の先にある干潟の果てには、いくつかの豆粒のような人影が蜃気楼のように立ち並んでいるだけである。「浩くん、ひと休みしよう」というかけ声に我に返り、声の主を振り返ると、いつしか丸さん親子から十メートル以上も沖側へ離れてしまったことに気づいた。

まさにこの時、沖合から大勢の人の声が重なるように響いてきた。何人かがバケツをほったらかしにし、砂地から駆けだしていく。しばらくすると、まばゆい光の輪の中から、大人たちのシルエットが浮かび上がった。彼らが総がかりで白地のシートの四隅をつり上げ、真っすぐ浜へ向かって来る。進路に当たる潮干狩り客は、邪魔にならないように後ろにひき、無言のまま遠巻きとなる。

丸さんは大きな目をますます大きくすると、ふたりに、「ここを動いてはいけないよ」と言い、シートを囲む人だかりに向かって駆け出して行った。浩の視線の先で、丸さんの赤いベストが人垣に混じり見えなくなり、ほどなくしてその隙間から現れる。そして、頭を横に振りながら戻ってくるのだ。

立ちすくんでいる浩と健太を前にして、落ち着きはらった口調で話し始める。

「子供が沖の方で溺れたのだそうだ。沖の方はね、砂浜が続いているようで所々深みがあるから危ないのだよ。深い穴に呑み込まれたら、誰にでも探せなくなってしまう」

そして、ようやく浜の休憩所に到着したシートと、それを囲む一群の様子を確認するかのように、じっとそちらをにらみつける。

「医者が居るらしいから任せるしかないけど、ちょっと手遅れの感じだな」

健太の顔を見つめ、「ひとりで遠くに行っては駄目だよ。あの子は、おまえよりずっと年上だよ。大きな子でもああなってしまうのだから」

三人は黙りこくったまま自分たちのレジャーシートまで戻った。丸さんは、「浩くんの分もあるよ」と言って、おにぎりや稲荷の詰まった折箱を勧める。浩は先ず自分の分をと、母親が持たせた手弁当を広げるが、それもじきにのどを通らなくなる。目の前に並んだ三人のバケツの中身を比べると、半分以上が獲物で埋まっているのは丸さんのだけで、子供らのバケツは物寂しいありさまである。

健太が訴える。「お父さん、もっと沖の方まで行って採ろうよ。絶対に離れないからさ」

浩も同じようなことを考えていた。先ほどの事故を目の当たりにし、怖いことは怖いのだが、自分たちが漁《あさ》っていた場所と子供が溺れた干潟の先端とはかなり距離があり、せいぜいその中間位まで乗り出せないものかと思うのだ。その辺りにアサリがたくさん詰まっているような気がしてならない。

息子の願いに丸さんは直接答えず、水筒のキャップからぐいとお茶を飲み干すと、そこで自分の昔話を語り始めるのである。

丸さんはここからずっと南へ下った漁師町で生まれ育ったそうである。

「お父さんが中学に上がる直前だったと思う。桜がもう咲いていたかな。その日はお昼頃から暇を持て余してしまい、村の外れの干潟で貝掘りをすることを思いついたのさ。潮干狩りに出るのはその年初めてだった。前の年は小学生の浜遊びが禁止されていて、干潟に出ることができなかったのだよ。いざ思いつくと我慢ができなくなってね。魚籠《びく》と熊手をつかんで浜に飛び出した。

禁止になったのは訳があって、春先に三、四人の子供が潮干狩りで死んでしまうという事があったのだよ。今日の事故と似たようなものだな。その子供らは干潟をずっと先の水際までくり出していた。そこで足もとの砂が崩れて海の底に引きずり込まれたのだろうと言われている。とにかく、その瞬間を誰も見ていないのだね。お父さんの村の干潟は、当時は漁師が貝を掘るくらいで、ほとんど人気がないところだったからね。子供らが行方不明になったのが分かったのは夕方で、死体が発見されたのは翌朝だった。それもひとりだけは見つからないままでね。すぐに、小学生は干潟に出てはいけないことになり、お父さんはがっかりしたものだったよ。

だから、前の年のうっぷんもあって、その日勇んで海に向かったわけさ。お日様はまだ傾き始めたばかりだけど、雲がたれこんでいて浜辺の風景は夕暮れ時のようだった。茶色い潮が少しずつ満ちていて、もう時間との競争という感じだったね。水は冷たかったけど、気持ちが高ぶっていたので全然気にならなかった。始めた頃は思うように採れなかったけど焦りはなかった。お父さんは小さな時からこの浜に出ていたから、アサリやハマグリの居場所をよく知っていてね。その辺りまで出れば、魚籠がいっぱいになることは分かっていた。しかし、時間がね。もう寄せ波が、高いときは足のくるぶしを濡らすくらいになっていて、これ以上進むと砂の中から貝を掘り出すのに苦労しそうだ。もしかしたら、浅瀬に戻り当てずっぽうに掘り起こした方が楽かもしれない。迷って棒立ちになっているときに、沖の方から子供の呼ぶ声が聞こえてきた」

浩は話の意外な展開に驚き、丸さんの顔を思わずのぞき込む。丸さんの表情は真剣そのものである。ギョロッとした大きな目はいつの間にか薄くに閉じられている。

「初めは海苔網《のりあみ》の杭が海面から頭を出しているのかと思った。でも目を凝らして見ると子供の顔なのだよ。四人の子が沖の方で横並びになっていて、こっちへ来なよとか、一緒に採ろうよと代わる代わる声をかけてくる。お父さんも最初は、あんな先でも潮干狩りをしていたのか、くらいにしか思わなかったけど、よく考えると、満ち潮の沖で子供が立ち並んでいるのはおかしいと気づいた。そして去年の溺死事件を思い出したのだよ」

浩は全身鳥肌となる。健太がせっぱつまった調子で、「それで、それで」と、いったん口をつぐんだ父親に次の言葉をうながした。

「もしかしたら、お父さんは長いこと金縛り状態だったかもしれない。つまり、自分で気づかずに意識を失っていたようなものだ。何かの拍子で正気に戻り、とにかく浜へ引き返そうとしたときには、水がもうお腹辺りまで来ていてね。足もとの砂ごと海に引きずり込まれそうで大あわてだった。波打ちぎわが遠かったこと。いつの間にか、勝手に持ち出した親父の魚籠を失くして、後でひどく叱られたよ」

そこまで話すと丸さんは表情をなごませた。

「ということもあるからね、干潟を見くびってはいけないよ。日が沈めば、この辺りは海の底だからね」

浩と健太は何も言えなくなってしまい、午後の潮干狩りも、同じ場所で行われることになった。相変わらずバカ貝の邪魔は入るものの、アサリに一つぶつかると、その周りに仲間が潜んでいるというコツをつかめて、始めた頃よりはずっとはかどるようになった。大ぶりな貝に当たり、それがこの時期のこの浜では珍しいハマグリであることを丸さんに教わると、ますます面白くなってきた。

寄せ波が干潟をふたたび浸《ひた》し始めるころ、丸さんの呼びかけで帰り支度となった。三人は砂に半ば埋もれてつらなる漁具小屋の間に設けられた休憩所へと向かった。すぐ横の小屋の外壁に持たせかけた白地のシートが、昼前の出来事を呼び起こさせた。休憩所の水場で、丸さんは持参の網袋に浩のバケツの収穫物を移し、ざっと水をかけると、それごと浩のバケツに戻す。バケツに網袋に入った貝が浸るほど水を入れる。「これは浩くんの分だよ。網に入れておけば、バケツをひっくり返しても安全だろう」と言い添えた。そして、自分と息子の分は大きなバケツにひとまとめにする。その中からかなりの量のアサリをつかみ取り、浩の網袋に詰め込んだ。「浩くんからバカ貝をもらったお礼だよ。実はバカ貝はおじさんの好物なのさ」

自分の力でもぎとった戦利品の価値が、わずかに下がったような気もするのだが、バカ貝と交換したと思えば仕方ない。

帰りの農道では、丸さん親子も浩も押し黙ったままであった。麦の穂が触れ合うカサカサという音だけが耳に入ってくる。

おのおのがいろんなことを考えているようだ。腕全体に感じるアサリ貝のずっしりとした重みを味わいながら、浩は今日の余韻にひたっている。アサリが時々潮を吹き、指先を濡らす。ふと隣の健太の横顔をのぞくと、口もとを固く結び、眼差しをずっと自分の足もとに向けたままである。健太は何を考えこんでいるのだろうか。丸さんが話してくれた思い出話のことなのか、それとも今日の海で起きた事故のことなのか。浩がたずねようとしたとたん、突風の大きな唸《うな》り声に驚いて言葉を呑みこんだ。

まるで三人を狙ったかのように、強い風が空から吹き寄せてきたのだ。

行く手一面を占める金色の麦の穂が遠くで波立ち、だんだんと浩の周りにまで押し寄せてくる。荒々しい満ち潮の波頭のようである。陸と海を結ぶ長い一本道に、砂ぼこりが立ち込めた。

虫のいろいろ

1

のちに思い返してみると、そのアシダカグモが命拾いをしたのは、父親の気まぐれのせいであったことに間違いあるまい。

朝夕の風が涼しく感じられる夏の終わりのことである。浩は食卓にすわり、退屈しのぎに色鉛筆で空想画を描いていた。巨大な怪獣が海から上陸し、人々が逃げまどっているところである。

庭に面したガラス戸を開け、洗濯物を取り込んでいた母親が、突然短い叫び声を上げた。驚いた浩が顔を上げたときには、拳《こぶし》ほどもある八本脚《あし》が引き戸の鴨居をまたたく間に渡りきり、天井近くの壁に張りついている。母はあわてて長ぼうきをつかみ取り、乱入者に狙いを定めた。

先ほどの母の悲鳴で昼寝から目覚めたのだろう。隣室から足音高く父が入ってきて、壁の大蜘蛛と母を見比べるように眺めわたした。

「この蜘蛛は福蜘蛛だよ。住みつくと福が来る。家の守り神といわれている」

母が信じかねるという顔をして父をなじった。

「こんな気持ちの悪いもののどこが守り神ですか。浩が噛まれでもしたらどうします」

「人を噛んだりはしないよ。それどころか家に入ってくる悪い虫を退治してくれるらしい。ダニだとか油虫だとか、ムカデもね」

母親が振り上げていた箒《ほうき》を下ろしたのは、ムカデという一語に反応したせいかもしれない。数日前に居間でうたた寝をしていて、長いムカデに左手の小指を刺され、ずっと痛みと腫れが引いてないのだ。

思案に暮れる母の隙をつき、大蜘蛛は滑るように天井へ移動し、人には見えない隙でもあるのか、天井板の縁に姿を消してしまった。母も浩もしばらくその一点から目を離せないでいた。

父の講釈を聞かされ、この大蜘蛛が悪さを働かない類であることは分かった。しかし、実際に慣れ親しむことは無理である。屋根裏を棲家と定めたものと思っていたが、座敷や廊下を我が物顔で滑走する姿に出くわしたかと思えば、突然便所の壁や風呂桶のふたに留まっていたりする。父もさも当たり前のように蜘蛛を弁護したわりには、気配が気にさわるのか、食卓にすわるときなど、天井から床の四隅まで見回すのがおなじみの仕草となった。

数日もの間、全く姿を現さないことがある。母は気が抜けたのか「ちっともウチの役に立たなかったわね」と安堵の笑みをこぼし、父は「出て行ったのだな」と残念とも安心ともつかない口調でつぶやく。そう判じている最中に、茶ダンスの上でこけしと並び、そいつがひげを動かしながらたたずんでいるのである。

「この頃、大将を見かけないわね」と母がふと漏らした日を境に、蜘蛛は大将に昇進することになった。一家の間で大将と呼ばれることになり、得体の知れない威圧感は少し薄れたが、気色の悪さまでは容易に消えはしないのだ。薄暗い廊下で鉢合わせするのはごめんである。ムカデの害はあれから繰り返されていないが、それが大将のおかげなのか、そもそもムカデの狼藉《ろうぜき》自体がまれなことなのかは不明である。命名からひと月、母親が父に訴え、ついに大将を追い払うことが決まった。見つけ次第つまみ出そうと、火ばさみを物置から居間に移し、事に備える。ところが、そのたくらみを察知したかのように、大蜘蛛は何日も雲隠れを気取ってしまうのである。

日が高いうちは、網戸も使わず四方の窓を開け放っているせいかもしれない。この家の座敷には色々な珍客がまぎれこむ。真夜中に浩の寝床の耳元で、突然キリギリスが鳴きだすことさえあった。小春日和の昼下がり、ぬれ縁から敷居を乗り越え、細身のカナヘビが尻尾をゆらしてやって来た。目にとめた浩が追い払おうと立ち上がったとたん、茶ダンスの裏の隙間へするりと滑り込んでしまう。そこは大将の居所のひとつと目されている場所であった。浩は大将とカナヘビの取っ組み合い姿に思いを凝らす。大きさは大将に分がありそうだが、体の頑強さはトカゲに軍配が上がりそうだ。耳を澄ませたが、タンスの裏側から何の物音も漏れてはこない。廊下の納戸からハタキを取り出し、その柄を隙間に差し込んでみるが、飛び出してくるものは何もない。カナヘビは家具の裏から裏へとすり抜けていったに違いない。大将とすれ違ったかは不明である。

その夜、久しぶりにその大将の雄姿が認められた。浩は母に知らせるのを忘れ、天井板と壁の角に、微動だにすることなく留まっている大蜘蛛を仰ぎ見ていた。

本当に姿を消したのは翌年の春のことで、もう現れないことが確信されると、この家の頭上にたれ込めていた暗雲が消散し、天井と床の隅々、家具の後背にまで陽光が行き渡るようになった。こわもての居候《いそうろう》がどこまで福をもたらしてくれたかは、分からずじまいである。

2

ミノムシ遊びを教えてくれたのは隣の家の息子だ。浩とは四つ離れた十二歳である。この少年は普段伏し目がちにしていることが多いのだが、いざ面《おもて》を上げると、そこには真冬の月明かりのように煌々と輝く瞳が認められた。遊び事はなんでもござれで、昆虫採集からザリガニのつり方まで、丁寧に辛抱強く手ほどきをしてくれるのである。

浩の家でも隣家の呼び名にならって、少年をお兄ちゃんと呼んでいた。

お兄ちゃんが庭木の梢にぶら下がる蓑《みの》をつまみ取り、細かな枯れ枝でできた鎧《よろい》を剝《む》いていくと、焦げ茶色の芋虫が現れた。その虫をあらかじめ用意しておいた化粧箱の底に転がすのだ。化粧箱には数ミリの長さにそろえられた色とりどりのマッチ棒が散乱している。色はお兄ちゃんがラッカーで塗り分けたのである。その箱に上蓋《うわぶた》の代わりに焼き網をかぶせ、そのままぬれ縁の隅にすえ置くのであった。

翌日の夕方、隣の庭から垣根越しに呼びかけられるまで、浩はミノムシのことをすっかり忘れていた。興味が薄れていたといってよい。洒落た蓑を外してしまえば、全く取るに足らない虫だったのだ。

しかし、その見方はお兄ちゃんの手で金網をうやうやしく持ち上げられた瞬間、見事に霧散《むさん》する。眼前《がんぜん》には網の縁で揺れるマッチ製の蓑があった。それは七色に染め上げられている。まるで手品のようである。さなぎが蝶に変わるよりずっと劇的である。

浩はしばらく息を止めてその創造物をにらみ続けた。そして、自分でも試してみたくて矢もたてもたまらなくなるのだった。頭のすみで、皆を驚かすアイディアが浮かんでいた。しかし秋の日は短く、あたりにはすでに薄闇が広がり、この刻限からのミノムシ探しは難しそうである。とりあえず、その日のうちにできる事前準備に取りかかることにする。ミノムシの不思議な力は母も知っていて、浩が希望を伝えるのに、わずらわしい説明は不要であった。母はいつでもほつれを繕《つくろ》えるよう、籐の籠の中に毛糸玉を色合いごとにそろえている。その毛糸玉の一つを選び、母に三十センチほどに切り分けてもらうと、それをハサミで細かく刻むのだ。そして、その裁断した毛糸を空いた菓子缶の底に積み重ね、舞台を仕上げた。あとは主人公の登場を待つばかりである。

翌日、息せき切って学校から駆け戻ると、ランドセルを放り出し庭へ飛び出した。生垣を別として樹木がまばらな庭であるが、そこにミノムシが巣食っているのは知っていた。ここから手頃なやつを見つくろうのである。四方の垣根沿いに枝先を調べて回り、裏庭のイチジクの葉の陰からぶら下がるひとつにねらいを定めた。その立派な蓑は、手を伸ばせば届く高さにあった。蓑の材料は、小枝というより枯葉のようで、蜘蛛の糸にぶら下がる土くれっぽくも見える。浩は枯葉でできた蓑をむしるように割り、体をくねらす幼虫をつまんで菓子缶の底に落とす。そこでは橙色をした毛糸のしとねが待っていた。

一晩のうちに、紡錘形《ぼうすいけい》の宝石が誕生した。

浩はその宝物を生垣のマサキの枝元に鎮座させた。目を閉じると、頭の中にミノムシが糸をつむぎ、じきに小枝にぶら下がり、奇妙な果実へと変わる姿が浮かんでくる。あるいは、季節外れのクリスマス飾りといえるだろうか。母やお兄ちゃんが、その前で立ちすくむ姿まで浮かんでくる。

ところが、抜けるような青空はこの日限りで、夜分から台風の前触れの風が吹き始めた。朝、慌てて雨戸を開け生垣を眺めた時には、葉を細かく震わせる緑の壁が広がっているばかりで、枝葉にしるされているはずの色彩の刻印は、影も形も見当たらなかった。

実現できなかったアイディアは、悔しい分だけ、忘れられない思い出として残る。時間がたつにつれて蓑の造形は美しく大きなものへ変わっていった。空には黒い雲が勢いよく渦巻いていた。

3

夏休みの最後の日である。鉄道の保線基地を間近に望む崖を登っていると、突然先を行くお兄ちゃんが笹藪をかきわけている手をとめた。

「浩くん、上をごらんよ」

空にいくつかの飛翔体《ひしょうたい》がゆったりと漂っている。小さな頭部と細長い四枚の翅《はね》を開き、ガガンボが蝶かトンボのふりをして飛んでいるかのようである。お兄ちゃんがウスバカゲロウという名前を教えてくれる。そして、ふと何事かに気づいたという表情をして、浩に合図を送ると、崖登りの足を速めるのである。

浩の家に着くと、お兄ちゃんはぬれ縁の前でかがみ込んだ。そして、目を皿のようにして床下の薄暗く乾いた地面を眺め回すのである。

「やっぱり、浩くんの家にもいないかなあ」

しゃがんだまま浩を見上げる。「アリ地獄の巣だよ。以前は僕の家に随分あったのだけど、お父さんが白アリ退治だと言って、縁の下に殺虫剤を沢山撒いたら、みな消えちゃったのさ」

お兄ちゃんは縁側の捜査を終えると、次は軒下の外壁をつたっていく。壁の土台と地面の境のあたりを入念に当たるのだ。

それは玄関脇のひさしの下に見つかった。まばらに生える松葉牡丹に紛れるように、アリ地獄の巣が三つ並んでいる。すり鉢状の口はけっこう大きく、底に向かって深く傾斜している。

お兄ちゃんはしゃがみこむと、「浩くん、よく見ていてよ」と、かたわらで走り回るクロアリをつまみ上げ、紡錘形《ぼうすいけい》の巣穴に放り込んだ。浩もしゃがみ込んで息を止める。アリは慌てた様子もなく、わずかに地滑りを起こしただけで砂の斜面を難なく登りきり、猛速度で去って行った。まるで、突然巨人にさらわれたことも、巣穴へ放り込まれたことも日常の一コマで、ちょっと寄り道をしてしまったという風情《ふぜい》である。

「ごめん。このアリは大きすぎた」

お兄ちゃんは玄関先の飛び石の上で、次のいけにえの目星をつける。その小粒なアリはすり鉢の底に投げ込まれると、先ほどのアリと同じく砂壁に取りつくが、最初の数歩で壁の崩落を起こしてしまう。砂と一緒に穴の底に転がり落ちたアリは、よじ登りやすい壁面を探し回り、クルクルと体を巡し続ける。

　瞬きでもしたら見そこねていたかもしれない。アリの足もとでボンと小噴火が起き、土くれが跳ねあがる。クワガタムシのツノをそのまま小さくしたようなヒゲが現れるやいなや、このアリの胴をはさみ、地中へ引きずりこむのだ。わずかに砂粒がはねただろうか。アリが消えたあとの巣穴の底は、何事も起きなかったようにひっそりとしている。

「浩くん、見ていたかい。こいつがアリ地獄だ。さっき崖で飛んでいたウスバカゲロウの子供なんだぜ。ほら、浩くんもやってみなよ」

　言われるまでもなく、すでにあたりを歩き回るアリの中から適当な獲物を選び始めていた。そして、赤銅色の一匹を指先でつまむと、小アリが消えたすり鉢の隣に穿たれた別の巣穴に振り落とす。赤いアリはすり鉢の底で考え込んででもいるように、ヒゲ先だけを震わせながらじっとしている。地の底からは何の反応もない。

　辛抱しきれなくなり、お兄ちゃんに「ここのアリ地獄は眠っているかもしれないよ」と声をひそめてささやいたとき、目の下のアリの姿がすっとかき消えた。今度はヒゲの先さえ見えないほどの早業であった。

三つ目の巣には、お兄ちゃんの思いつきでダンゴムシが捧《ささ》げられた。しばらく球状に丸まったままひっそりと転がっていたが、それが体を広げるのを待っていたかのように、どう猛な頭が地中からのぞき、地中へとたぐり寄せられてしまった。

「アリ地獄を飼えないものだろうか」という相談を浩が持ちかける。お兄ちゃんは手近の枯れ枝を使って地面に絵を描き始めた。薄く切られた羊かんのようである。

「僕も前に考えたことがあるよ。こういう形のガラスケースに砂をつめて、この中で飼うと、横からアリ地獄の巣が観察できると思う。巣の中が見えなければ、つまらないものね」

浩はいろいろなガラスケースを思い浮かべるが、身近に役に立ちそうなものは出てこない。金魚の水槽では横幅があり過ぎる。それに似たもので、もっと薄いガラス製品などあるだろうか。

お兄ちゃんが目の玉をくるくるさせる。困った時のくせなのだ。

「少し考えてみるね。僕んちのアリ地獄が消えてから、すっかりさぼっていた。のぞき窓は一面だけあればいいのだから、ガラス板があれば何とか工作できるかもしれないし」

その頼もしい言葉に浩の空想がぐんとふくらんだ。アリ地獄の生態の秘密。透明ガラスの向こうで、どんな光景が繰り広げられるだろうか。そして、似ても似つかぬウスバカゲロウにどうやって変身するのだろう。

ただし、この企てはその日のうちに、浩からもお兄ちゃんの頭からも、見事にこぼれ落ちるのだった。工作しようにも、まず適当な板ガラスを手に入れなければ始まらない、という難関があった。ただそれよりも、子供たちには朝な夕なと新しい楽しみが次々と生まれるものなので、アリ地獄の研究は、その年の夏休みとともに、時の向こうに置き去りにされてしまったのだ。浩が思い起こしたのはずっと後のことで、その時代には、子供らの足もとはどこもかしこもコンクリートで塗り固められていた。

もちろん、今では、夏の光とたわむれるウスバカゲロウの飛翔も絶えている。

4

オオカマキリを見つけると、浩は心を奪われたように体が動かなくなってしまう。見つめる先はカマキリの頭部だった。カマキリの異様さは、目にも止まらぬ早業で振り下ろされる鎌ではなく、その逆三角形の面構えにある。浩が知るかぎり、頭部が胸からしっかりと独立している昆虫はほとんどいない。爬虫類や両生類を含めても珍しい形である。そのため浩は、カマキリが昆虫というより、ずっとヒトに近いものであるかの思いにかられるのである。ゴーグルでおおわれた目の玉には、きっと人間に負けない智力がそなわっているに違いない。

カマキリの捕り方も隣のお兄ちゃんから伝授されたのだった。お兄ちゃんがカマキリをとらえる手ぎわはこの上なく巧みで、カマキリの背中の上方で手のひらを一閃《いっせん》させると、次の瞬間には、鎌と四肢をばたつかせるそいつを指の先につまんでいる。浩が試みると、届くまいと見きった鎌の鋭い刃先に突かれ、それをさけようとして指先に力を込め過ぎてしまい、大切な獲物の胸をつぶすはめになるのだ。

その日も庭で虫探しをしていると、ほどなくお兄ちゃんがカマキリをとらえてきた。ウグイス色の翅《はね》をした大物である。それを広口瓶に突っ込むと、ふたりはすぐに次の探索に取りかかる。オシロイバナやヨモギの茂み、タチアオイの葉裏、生垣のすき間、裏庭のイチジクの梢や八ツ手の茎と探しまわり、ここでもお兄ちゃんが次の獲物を捕まえることになる。

お兄ちゃんは、二匹のカマキリをぬれ縁の中ほどに三十センチの間を置いて向かい合わせた。双方とも傲然《ごうぜん》と胸を張り、鎌を中段に構えたまま、相手の出方を探りながら静止している。あまりに睨み合いが長くなったので、お兄ちゃんが縁側の上面を叩いてみせる。とたんに一方が翅を広げて飛びたち、相方の頭上を越え、浩の頬をかすめ、生垣のかなたへと消えていくのだ。

お兄ちゃんは頻繁に家をあける。たいがい保線基地に沿って広がる原っぱで、高学年組の仲間や中学生に交じって野球に興じているのだ。隣の庭先からお兄ちゃんの声が伝わってくると、浩はあわてて飛んでいく。家にいる時のお兄ちゃんは、座敷の隅でプラモデルづくりにいそしんでいるか、庭の軒下でサボテンの世話をしていた。まず自作した立派な温室の中から鉢を取り出す。温室内には数段のひな壇が渡されており、大小の鉢でぎゅうぎゅう詰めである。取り出した鉢植えを霧吹きで軽く湿らせ、ピンセットとナイフでサボテンの葉挿しをするのを、浩はそばでじっと眺めている。作業が終わるのを辛抱強く待っていると、その後でお兄ちゃんがひばりの巣探しや笹藪の迷路探検に連れ出してくれるのだ。

翌年の春先、父親が生垣の剪定をしているときの事である。枝を一本切りとり、それを傍らにいた浩に寄こすのだった。先っぽ近くにくるみ色の卵硝《らんしょう》がへばりついている。浩もマサキの密集した枝をかき分けてみると、カマキリの卵が次々と見つかった。父に頼み、卵を抱いた枝をもう二本ほど切り落としてもらうと、その束を抱え部屋へ持ち帰る。そして、おもちゃ箱代わりにしていた段ボールを空にし、その底に枝を揃えて並べ、丁寧にふたを閉ざすのだ。

しばらくの間は日に幾度もふたを開け、孵化《ふか》を待ち続けた。しかし、いくら気にかけたところで変わった様子はつゆもなく、卵がはりつく枝の方ばかりが白々と変色していった。孵化のために何かが不足しているのか。たとえば光や水を必要としているのか。お隣の先生に助太刀を頼みたいところだが、お兄ちゃんは日が伸びるにしたがい原っぱ野球からの帰りが遅くなり、なかなか会うことができない。そうこうする内に新学年が始まり、教室が移動し、新しい教科書が配られ、浩の関心は段ボールの中で待つものから逸れてしまったのである。

五月のある晴れた日の午後遅く、駅前商店街での買い物に母は日傘を持ち出した。すでに日は傾いているが、白地に淡い藤色のツタがあしらわれた傘の後方から、強い陽光が注いでいる。坂を下り鉄道会社の大きな独身寮の前で、近所の小学生の一団とすれ違った。母が声をかけ、ピアノ教室に通う生徒たちだと知れた。この頃町内の子供の間で、ピアノを習うことが流行っている。

「浩もやってみたくない」と母が日傘の下からたずねるが、浩は黙りこくったままだった。うまく説明できないのだ。

高学年から入部が許される吹奏楽部にあこがれていた。とくにサクソフォンやホルンの金色の輝きに。校庭を威風堂々と行進する隊列にピアノの姿など見あたらない。体育館のどん帳の陰にひそむ楽器に、興味も魅力も感じなかったのだ。

その日の真夜中、浩は寝床の中で身体中の皮膚に異状を感じ目を覚ました。頭の天辺から足の爪先までざわざわとうごめく何かにおおわれている。あごの先にくっつく粟粒《あわつぶ》を指先で払おうとすると、それが手の甲に飛び移る。立ち上がって電燈を点けると、部屋中が数え切れないほどのカマキリにおおわれているのがわかった。床にも壁にも毛布の上にも。糸の先ほどの大きさだが、ちゃんとカマキリの形をしている。うつむくと、パジャマの表にも裏にもそいつらが動き回っている。

せっぱつまった浩の呼び声に応えて、母がふすまの間から顔を出した。ひと目で事情を悟ったのか、あわてた様子もなく雨戸を開けて、箒《ほうき》でカマキリを掃き出しにかかった。浩のパジャマを脱がすと、縁側で何度も打ち振っては箒ではたき、しがみつく虫を外の闇に払い落とす。

お仕舞いに、枯れ枝と抜け殻が残された段ボールを覗き込むと、それをぬれ縁の下に放り出すのだった。

この前代未聞の体験をお兄ちゃんに伝えようと、朝食が終わるのを待ちかねて隣家へ駆けつけた。玄関には鍵がかかっている。庭先に回ってガラス窓のカーテン越しに中をうかがうが、室内は薄暗く、人影もない。軒下の温室のビニールシートが開きっぱなしで、大小のサボテンが明るい光の中で林立している。

ちょうどその頃お兄ちゃんは、市内の病院で息を引き取ったところだった。前日に外野フライを追いかけて草原を背走し、けつまずき、背中から引っくり返ったのだ。地中から飛び出す赤錆びた鉄杭が、お兄ちゃんの太腿を裏からつらぬいた。ひと昔前まで野ざらしの資材置き場だった原っぱには、くず鉄が方々に埋まっていたのである。

長い時間が経過し、記憶からお兄ちゃんの面立ちが消えていった。きらきら輝く黒い瞳の形だけはずっと後まで残っていたが、それも定かなものではなくなっていった。玉サボテンの棘にかかる水滴がそよ風に震える。ある日の映像の断片が、隣家の少年の面影に変わっていったのである。

野犬の群れ

その十頭足らずの野良犬は、はるかに広がる畑地の隅にある鎮守《ちんじゅ》の森を棲家《すみか》としていた。こんもりとした森の手前、土地が少し隆起した日当たりの良い一角にたむろしている。かたわらを走る農道からは見上げる位置になる。

海辺の小学校への通学の道すがら、気分が最も沈むのがこの場所である。といっても、朝の登校の際に犬が姿を現すことはない。彼らがその見晴台でてんでに寝そべり、座り、首をめぐらせ、その威容を誇るのはきまって学校帰りの時間であった。

浩は町内の同級生三、四人と連れだって帰るのであるが、畑と空の境に頭を見せる森の繁みが徐々に高くなり、それが見上げるばかりになったところで、体の芯がカチカチに硬くなるのだ。実際のところ、そのかなり手前から浩たちはおしなべて黙り込んでしまう。犬どもの前で大声を出したり、走ったりした子供たちが、かつていかにひどい目にあったかを、皆はさんざん聞かされているのである。口を一文字に結んだまま、浩らは鎮守の森の方にちらっと視線を投げかける。犬はあらかた寝そべったままであるが、中の一頭だけが首を上げ、小学生らを値踏みする目つきでにらんでいる。

駆け出さないように、大きな足音を立てないようにと浩は自分に言い聞かせ、それでも我知らず足は速まり、少しでも早くその地点から遠ざかろうと前のめりになる。神経は森の方角に向かったままである。しばらくし、皆が推しはかったように一緒に振り返ると、森木立はいつの間にか後方へ退りぞき、犬の群れはその手前にとどまって動こうとしないのが見てとれる。そこでやっと息をはき、他愛ないおしゃべりの続きが再開されるのだ。

一群のかしらは茶褐色の大型犬である。体毛は薄く耳をだらりと垂らしている。群れはこの親分を先頭に、日に一度住宅街を徘徊するのだった。日が傾き、宵闇が始まる時分である。浩が外遊びからの帰宅時間を守るのは、母親の言いつけを守るというより、薄暗がりで彼らと鉢合わせをしたくないからである。しかし油断は禁物である。真っ昼間に母と出かけた駅前の路上で、彼らとばったり出くわしたことがあった。そこでは犬の存在などを歯牙にもかけない母や大人たちを盾にするようにして、どうにかすれ違うことができたのである。

野良犬どもに関する噂話はたくさんある。町内の子供らから聞くこともあれば、母親同士の世間話から耳に入ることもあった。

野ネズミを狩るのが得意なこと。かつて彼らに農家の飼い犬が食い殺されたこと。その飼い主が怒って、毒マンジュウを森の周辺にばらまいたが見向きもされず、逆にそれを口にした近隣の飼い猫がもだえ死にした話。群れに追いかけられた中学生が木によじ登って逃れ、そこで半日近くを過ごした出来事。町外れの老夫婦がひそかに餌を与えているという噂など、枚挙にいとまがない。

季節の移ろいとともに、群れの顔ぶれにも代替わりが訪れる。かしらのすぐ後ろにいつも従っていた白犬が姿を現さなくなったかと思うと、代わりに薄茶色の子犬が二匹、新たに隊列に加わっていたりする。一団とは距離を置いていたはずの黒犬が、いつの間にか群れの仲間になり、またここから出ていく。出入りはあっても、群れの大きさはずっと似通ったままだった。

流感が猛威をふるってるせいで、浩の下校仲間がそろわず、その日の帰り道はひとりきりとなった。

校門を出たところで、パン屋の向かいに野犬の一団が集っているのが目についた。

思わず身構えたが、よく見ると森の犬どもとは別なグループだ。彼らは海辺の漁具小屋一帯を根城にしている。そこから出張《でば》り小学校辺りに姿を現すときは、いたく控えめとなり、人影をさけて歩き回るのだ。中には擦り切れた首輪をつけた犬もまじっている。

校門からそう遠くないところに砂山への入口があり、その角から浩の町へ続く農道が始まる。冬枯れの一日、畑にもあぜ道にも緑はなく、墨色の平坦な農地が広がっている。空一面に厚い雲がかかり、時々日が差してはすぐに途絶えるのだった。

真っすぐに延びる一本道を、遠く連なる町の家並みに向かって進むにつれ、前方の森の影も容赦なくせまってくる。この時季の森は裸木《らぼく》交じりで、むき出しの太い幹がいっそうまがまがしさをかもし出していた。ひそかな望みは、行きかう大人と道連れになることなのだが、通り沿いにも畑の中にも人の影は見当たりそうもない。向こうから自転車が現れるが、ハンドルを握る日焼け顔の農夫は、浩を全く振り返ることもなく、猛スピードで背後へ去っていく。樹林のかたまりが大きく膨らんでくる。そして犬どもが両手足を踏ん張り立ち上がる様が目にとまると、群れごといっせいに道へ飛び出してくるのだった。

茶褐色のかしらを真ん中に、群れは道幅いっぱいに広がる。燐光《りんこう》のように燃える目と白い牙が、槍ぶすまとなって浩の行く手をふさいでいる。

続けざまに辺りの空気を切り裂く唸《うな》り声が響きわたった。それが正面からではなく背中から迫るのに気づき振り向くと、学校の方角から数頭の犬がこちらへ詰め寄ってくるのが目にとまる。海辺の連中である。

頭の中が真っ白になったまま、浩は道端のあぜ道に飛び下り、畑のうねの間を死に物狂いで駆けだした。「犬の前を走ってはいけない」という母の日頃の教えは、すべてぬぐい捨てた。農道にとどろく吠え声は耳をふさぎたくなるほどの叫喚《きょうかん》と変わり、逃げる浩の背中に降りそそぐ。二つの群れが浩という美味しそうな獲物を奪い合っているのだろう。争いに勝った側が大挙して押し寄せてくるに違いない。ここには身を隠す木立も藪もなく、裸の大地が続くばかりである。さらに懸命に駆け続け、自分がどこへ向かっているのか分からなくなった頃、干上がった沼地のふちに行きついた。

ここは昔のため池の跡で、水が増す梅雨時には、子供らがザリガニ取りに集まる所だ。浩はその涸れ沼のかたわらで遠く我が家の屋根を認め、家路をたどる見当をつけた。連なる屋並みの一角から、ピアノ曲が風に乗って流れてくる。「つむぎ歌」は下校仲間の義春がピアノ教室で習っている曲である。義春の家の居間で聴かされたことがある。義春は流感でふせっているはずだが、暇つぶしに弾いているのだろう。弾むようなメロディと、その旋律に包まれながら必死で逃げ回っている自分の姿との落差が大き過ぎて、何か夢の中の出来事に思えるのだ。

突然、かん高い声が頭上から降ってきて、心臓が口から飛び出そうになる。思い切って見上げると、マガモの渡りが空の端から端まで続いているのだった。

勢いよく家の玄関に飛び込み、後ろ手で戸を閉め切るまで、浩の周りは獣《けもの》の息づかいで満ちあふれていた。日が落ちて冷たい雨となったが、地面をたたく雨音の向こうから野犬の遠吠えを聴きとることができた。

春休みに入り、母から朗報がもたらされた。

「もう野良犬の心配をすることはないみたいよ」

母によると、この四月に小学校に上がる子をもつ父母らの訴えを受けて、市役所が「野犬狩り」に踏みきることにしたそうである。浩が野犬狩りのやり方をたずねると、母は自信なげに、「罠を仕かけて捕まえるのでしょう」と言う。「それとも網かしら」

父が横から、「猟銃を使うこともあるそうだ」と口をはさんでくる。

「危ないじゃありませんか、猟銃だなんて」と母が驚きます。

「捕獲器はなかなか入らないそうだよ。連中は頭がいいらしい。金網が置いてあるのを見ると、中から食べ物の匂いがしても、何かおかしいと警戒してしまうそうだ。猟師が使うトラバサミが一番効果的だそうだけど、こんな町中では危なくて仕かけられないだろう」

「銃を撃つときは、ちゃんと知らせてくれるのでしょうね。家から出ないようにしなくては」

父は、窓越しに鎮守の森を指さす。「銃を撃っても、あの辺りだけだから大丈夫さ」

実際のところ森で銃声が響くことはなかった。しかし、野犬の姿はものの見事に消え去った。大量に毒餌《どくえ》がまかれたということである。春の間、道端に野ネズミの死骸が多く転がっていたのもそのせいかもしれない。

浩は学校の行き帰りのつど、奇妙な感覚にとらわれるのだった。初めて味わう安心感にあずかる一方、いまだに森の中に彼らがひそんでいるような気配を感じるのだ。夕まぐれの町中を歩いていると、薄暗い通りの奥から野良犬の隊列が姿を現すのが目に映る。身を縮めて道の彼方を凝視するうちに、かき消えてしまうのだが。

そして、この奇妙な感覚が抜け落ち、彼らが間違いなく戻ってこないことがはっきりしたとき、浩の日常はひどく単調なものに変わったのだった。通学路をさえぎるものも、夕暮れの闇にひそむものも姿を消した。道に踏み出し、前を向いて歩いてさえいれば必ず行先にたどり着くのである。生まれて初めて、胸にぽっかり穴があいたような心持ちを覚えた。この虚しさが、自分の将来にとってやっかいなものだと分かるのだが、そこを埋めるものがどこにも見当たらないのである。

ケシ事件

父が日中《ひなか》に家にいることはまれなので、玄関へ向かう父親の背中と上がり口の板の間がきしむ音が、いつにも増して覚えた安心感といっしょに、浩の胸に強く刻まれることになった。濃い灰緑《かいりょく》色の繁みと、燃えたつような真紅の花びらとともに。

ケシの群生は南側の庭の一角に繁茂していた。東西それぞれの隣家が、境の垣根越しに樹木の梢を幾本もそびえ立たせており、地面に張りつく草花だらけの我が家の庭は、緑なす丘に挟まれた窪地《くぼち》のようで、何やら貧相に感じられたものである。ところが、春先からケシが伸び始めると、その一畳ほどの群生が庭の景色を一変させる。目にもあざやかな花の色、そしてどっしりとしたケシ坊主と、春から夏の終わりにかけて、浩の庭はこの地一帯の王様になるのだ。

生垣の向こうには麦畑が広がり、その遥か彼方に東京湾の海面が一本のピアノ線となり空と陸をへだてていた。

　この数日前のことである。玄関先から気ぜわしい呼び声がかかり、母親があわてて格子ガラスを開けると、そこにお巡りさんが並んで立っていた。気になる事があるので、庭に入らせていただきたいということである。ひとりは表情にとぼしい年配の警察官。もうひとりはずっと若く、真っすぐに母の顔を見つめている。色白のせいか、頬のピンク色がきわだっている。

　警官ふたりは勝手知ったる足どりで、咲きほこるケシの茂みに分け入るのであった。噴煙のようにハナアブが舞い上がる。成長が早い幾本かの株は、彼らの胸元あたりまでの高さがある。ひとりがその茎をねじるようにつまんで、上から花冠の中を覗きこむと、片方が手に持つ薄い冊子をめくり言葉を交わしている。その声は低すぎて浩の耳には届いてこない。母は顔をこわばらせ、玄関先から庭へ抜ける小道の上で棒立ちになったままである。周囲の音がすべて消え、時間が止まってしまったのかと思われるほどだった。

　若い方の警官がケシ畑の間から抜け出し、母の前へやってくる。お巡りさんの火《ほ》照《て》った頬がふたたび目に入ると、浩は「あれっ」と奇妙な気持ちを覚えるのだ。どこかで見たことのある顔である。

「奥さん、あそこの花はお宅で植えたのですか。ケシのことですが」と、穏やかな口調でたずねる。

母親はわずかに言いよどんでから、「ここに引っ越してきた時はもう生えていました」と早口で答え、続けて「うちは借家ですから。私どももいつか出て行きますわ」とつけ加える。それを聞いて浩はひどくうろたえた。いつかこの家を出て行く可能性があるなどと、思いもよらなかったのである。

若い警官は母の言い分に、いかにも鷹揚《おうよう》そうにうなずいてみせた。

「よく分かりました。ところで奥さん、ご存じなかったと思いますが、お宅のケシは法律で栽培を禁止されているたぐいのものです。すぐに抜かなければなりません」

そばにいなくとも、母が息を呑んだのがはっきり伝わってきた。

「このケシは麻薬の材料になるのですよ。こいつがそのうち実をつけるとやっかいですから、早く刈り取ってしまいたいのですが」

母がどう答えるのかも気がかりであるが、何よりもずっと唇をかんだまま黙りこくっているのが心配になった。この様子は母が怒りをこらえきれなくなったときの前兆である。母の頭に血が上ると、相手のことが目に入らなくなる。浩は拳を痛いほど強く握りしめていた。

いつの間にか、年配の警官の方が音も立てずに現れて、若い警官の背後に立っている。生気のない仮面をかぶったような表情はそのままである。三十センチくらいのところで茎を折られたケシの花が太い指にはさまれている。

もしかしたら、母の返事はその摘まれた花に向かって発せられたのかもしれない。

「そういうお話は主人にしていただかないと。私がどうぞとは言えません」

若い警官がゆっくりと後ろを振り向く。年輩の方が初めて口を開いた。低く聞き取りにくい声だが、どこかあらがいがたい調子である。

「それではご主人のいらっしゃる時に改めてうかがいましょう。いつがいいでしょうか。そんなに余裕はありませんよ」

その声音に合わせるように、母もつぶやくように応じた。

「次の土曜日、三時過ぎには時間がとれると思います」

ふたり連れの警官はそろって帰って行った。紺色の制服の袖の先からぶら下がる血の色のようなケシの花が、門から遠ざかって行く。そのとたん、茎の先から花びらがまるごと道路の上に落ちたのだが、警官たちは気づかないままである。

勢いよく閉められたガラス戸の反響。そして、座敷へ戻る母の猛々しい足音から耳をふさぐようにして、浩は庭へ急いだ。そこで足を止め、にぎやかに色つやを競い合うケシの一団を見つめる。そして、このお花畑がここから姿を消したさまを想像してみるのだった。警官の口から発せられた「麻薬」という言葉が耳に引っかかっている。意味こそ模糊としているが、あってはいけないものとは理解できた。しかし、目の前で咲き誇る花弁にも、造り物めいた葉っぱにも、そして鼻孔をくすぐる香りにさえ罪の気配は認められないのである。あたりを燃え立たせていた夏の日が突然雲にさえぎられたのか、目の前で、庭全体が色と形を失っていく。

土曜日にやって来たのは若いお巡りさんの方だけで、もう日はずいぶん傾いていた。浩はこっそりと居間のぬれ縁から降り、父親と警察官が玄関先で対決する様子を、庭側の壁の角からのぞいていた。門の前の通りには、腕に腕章をした作業着姿の男がふたり控え、そろってシャベルを地面に突き立て、その柄に体をあずけている。

昼どきに両親がかわした言葉からうかがえたことがあった。母は浩とは違い、ケシに未練があるわけではなく、疑われたことに割り切れなさを感じているのだ。生まれてこの方悪いことなどしたこともないのに、と父に言い立てるのである。浩は「ケシがなくなるのは絶対いやだ」と、横から口をはさんだ。そうぶちまけたのは一時的な感情からではなく、この幾日か自分の中で繰り返し考えた結論であった。

ただ、その理由は母が示した反骨心とはほど遠く、鳥が来て、カエルが鳴き、いろいろな虫が集まる浩のレジャーランドにいらぬ変化を起こしたくないという、はなはだ自分勝手なものである。

「そもそも庭でケシが咲いているのをお巡りさんがどうして気づいたのかしら」と、気が収まらない母が言いつのる。

「通りからケシはほとんど見えないでしょう。玄関の前まで来ると、端っこの方が少しのぞけるけど、御用聞きも御近所の方も勝手口に回るし、玄関口に来るお客さんはめったにいないわ」

そして、声をひそめて続けた。

「私は庭の垣根のすき間からのぞいた人が警察に知らせたと思うの。犯人はお百姓さんですよ」

庭の生垣の向こうは広大な農作地になっている。生垣沿いにあぜ道があり、朝夕に農夫が行きかうのである。

「二週間ほど前に、すぐそこの垣根のすき間からのぞき見している人がいたのよ。我慢できずに、何か御用ですかって怒鳴ってしまったの。その人が恨んで警察に通報したと思うわ」

父は表情も変えずにその話を聞いていたが、怪しいお百姓さん説にはすぐ乗らず、

「わずかでも玄関から見えるなら、ほかの可能性も捨てきれないな。郵便屋も受取が欲しいときは玄関まで入ってくるし。新聞屋の集金も玄関だろう。学校の先生だって来ている。この前家庭訪問があったろう」

「先生がお巡りさんに知らせるわけはないわ」

「わからんぞ。世の中何が起きるか分からない」と言いおいて、父がその場を外したすきに、母が浩の耳にささやいた。

「お父さんが何とかしてくれるわよ。お父さんは強いから」

浩は母が守りたいものが何なのかを怪しんだが、母の父への信頼が感染し、張りつめた気持ちもゆるむのだった。


玄関先で精一杯胸を突き出している父親は警察官より一回り小さく、その分頼りなさげに見えてしまう。警官の制帽がてっぺんから父親を見下ろしている。

父の声はかん高くなったり低くなったりして、浩の耳に全部が入ってくるわけではない。聞き取れるところだけをつなげてみるのだが、どうも父の言い分は浩の気持ち

とかなり相違しているようである。父はケシの伐採は認めるが、刈り取る時期を花が散った後にと希望しているのだ。父の提案はあっさりはねのけられる。相手は歩み寄る気などさらさらないのだ。用意していた妥協案をバッサリと切り捨てられ、父が熱くなっているのが分かった。檄した父は一歩も引かないはずだ。

「今日はあなたの説明を聞く日ではないのか」と声を高め、門の外で手持ちぶさたにしている作業員を指さす。「それなのにあの連中は何だ、何で連れて来た」

警官は父の問いには取り合わず、よく通る声で言いはなった。

「最初に申し上げたように、お宅のケシは栽培すること自体が違反なのです。栽培どころか種を所持しても違反なのです。花が散るまでなどということは通用しませんよ」

父は負けずに声を上げる。

「栽培とはどういう言いがかりだ。これは自然のものだろう。種が飛んで来て勝手に生えてきたのだろう」

警官は、「これだけ大がかりに植わっていて、栽培ではないという証拠はあるんですか。我々は、そこには目をつぶって、これで終わりにしようと言っているのだ」と告げ、そこからふたりは口を結んでにらみ合いに入る。

助太刀のつもりか、それとも興味本位に過ぎないのか、作業着姿の片われが門柱の陰からシャベル片手に身を乗り出してくる。その男のせき払いがあたりに響いた。それをきっかけに警官は肩の力を抜くようなしぐさを示し、「明日、しかるべき文書を持って来ますからね」というひと言を残して身をひるがえした。父は背後から母に声をかけられるまで、その場に立ちつくしたままであった。

やり込められたのはどうも父の方らしいと浩は気づいていた。ぼうっとした頭で、咲きそろったケシ畑を振り返る。西日に陰る生垣を背に、葉叢《はむら》は黒々と沈み、花々は薄闇から浮かび出るように揺れていた。

頭の隅に引っ掛かっていたもやもやの中身を知ったのは、その夜寝床で見た夢の中だ。数日前に玄関先から母を呼びだし、今日父をにらみつけたあの若いお巡りさんの顔である。母に言いつけられてはよく買いに走る、お豆腐屋さんの面立ちとそっくりなのだ。とくに色白でピンク色の頬っぺたをしているところが。豆腐屋はいつも白いつば付きの帽子をかぶり、日暮れ時、通りのかなたからリヤカーを曳いてやってくる。通りの上にその影が現れる前から、ラッパの響きが先ぶれを告げる。母の言いつけで、鍋を手に小銭を握りしめた浩は、近づく豆腐屋をじっと待ちうけるか、家の前を通り過ぎてしまったリヤカーを追いかけることになる。

夢の中では、小指の先ほどの姿が、徐々に大きくなってくる豆腐屋を、門の前でじっと待ちかまえていた。

姿かたちの見分けがつくようになると、その頭の上にのっているのが作業帽ではなく、幅広で徽章が光る制帽であることに気づいた。豆腐屋さんのふりをしていた警察官が、自分の目の前で仁王立ちとなる。そしてぬっと腕を伸ばすと、浩の腕の中から鍋をつかみとろうとする。恐怖で縮みあがった浩が飛びのいた先は、夢と現実の境目であった。

頭の先の方から途切れなく何かの物音が伝わってくる。ガラス戸の外からである。鳥の羽音に似ている。その羽ばたきが浩の夢の中で響いているのか、ほんものなのか、耳をじっとそばだてる。くり返し聴いているうちに、乾いたその音の正体に感づいた。羽音ではなく、スコップで庭の地面を掘りおこす音である。そして、この音が間違いなく現実のものであることがわかり、自分が悪い夢から逃げ通したことに安心し、再び深い眠りに落ちるのだった。

雨戸はすでに開けられて、にぶい朝の光が部屋に満ちていた。窓の外では、煙霧のような雨が音を立てずに降っている。ケシの咲きほこっていた場所は、土くれだけが残されており、花の残がいは庭の片隅に山となってつまれている。土まみれの葉の表面はまだ艶めいており、雨水をはじき返している。その緑の塊《かたまり》のすき間に、いくつもの赤い色がにじんでいる。女王を失った庭が、白々とした空っぽの地面となって残されていた。

翌年の春、かつての花畑の片隅で、父親の手による殺戮《さつりく》を生き延びた一本が茎をのばしているのを見つけた。しかし、それは一家がこの家を引き払う寸前のことだったので、二度とこの地でケシの開花を見ることはなかった。

八島の北　国境の南

昨日まではおだやかな陽光の下で過ごしていた。春を告げるフサアカシアの金色の花が盛りを迎え、スギナが伸びて、家の前の道端をずっと先まで埋めつくしていた。寝台車が闇を切り裂き北上するにしたがい、季節はあとずさりして、大気が冷たくよそよそしいものへ入れかわっていく。浅い眠りから覚めきらないまま、終着駅から連絡船のタラップへ向かっていると、足もとから体にはい上がる寒気のせいで震えが走る。いったん取りついた冷たさは頑固で、船室の暖気に包まれても簡単に引いてはくれないほどである。

出航から時間がたつにつれ、船室内の温度は徐々に上昇していき、一息つくことができた。しかし、この心地良さはいっときだけで、気づいたときには、我慢できないくらいに首から上が茹だっている。冷気と暖気のジェットコースターに乗せられているようである。足もとの床のずっと底から響いてくる振動が、ますます空気を沸騰させる。浩は手洗いを口実に部屋から逃れると、そのまま廊下の奥にある鉄階段を上り、デッキへ向かった。

甲板扉には丸窓がうがたれているが、床から高すぎて浩の目の位置からは覗くことができない。取っ手をつかんで思い切りあけると、目の先にはついぞ見たことのない光景が広がっている。ねずみ色の雲が猛スピードで走り、ほのかに明るい空の隙間を垣間見せては、またたく間におおい隠す。その度にデッキの隅々が薄明かりの中に浮かび上がり、ふたたび暗がりに溶け込んでしまう。肌を突き刺す冷風が船首から押し寄せ、あっという間に全身を縮み上がらせる。

顔面に強風を受けながら、ブリッジ越しに船の行く手を見つめた。前方をおおう雲を通して、海面から立ち上がる黒い影が認められた。浩が初めて見る北海道である。頭上の雲が千切れ、船べりのずっと先で、一条の光が波頭を照らした。漆黒の海のそのあたりだけが深緑色にきらめいている。

転校先の小学校で浩がふさぎの虫に取りつかれた原因は言葉の問題ではない。方言や訛《なま》りにも十分とまどわされたが、繰り返し聞いているうちに耳になじんでくるものである。なじまないのは、浩につけられた「内地者《もん》」という呼び名であり、「内地から来た」というお定まりの飾り言葉である。

登校初日のことである。一時間目が終わり、先生が教室から出て行くと、たちまち浩は好奇にかられた生徒らに囲まれた。内地での消息や今の住まいのことを、訛りの強い口調で立て続けにたずねられては、それに懸命に応じることになる。転校に当たり浩の文具は一新されていた。筆箱にはそろいのキャップをはめた鉛筆が、手つかずのまま並んでいる。消しゴムも今のところ真っさらである。人垣の後ろから黙って様子を見ていた清水という色黒で大柄な子が突然腕を伸ばしてくると、それを筆箱から抜き、代わりにとでもいうつもりか、浩の机の上にサイコロ大にちびた消しゴムを転がした。

「これと、ばくるべ。えが」

一瞬、「ばくる」という意味が理解できなかったのと、清水くんの語気の強さにけおされて、目の前で起きた消しゴムのすり替えをぼう然と眺めるばかりとなった。清水くんは浩の表情をうかがい、そのまま射るような視線を外そうとしない。別な子が浩の筆箱から鉛筆を抜きだし、アルミのキャップを外す。松下という名で、目立つほどやせ細り、骨格見本に服を着せたような生徒である。

「したらさ、おらだきゃこれが良かべ。これけれ」

筆箱から鉛筆キャップがひとつ消える。続けて前髪をたらした浜田という女子生徒が手を伸ばしてきた。浩はあわてて筆箱を両腕でおおう。その時、教室の扉のはしから先生の横顔がのぞき、やっと休み時間が終わるのである。

昼休みはその清水らに声をかけられ、校庭へくり出すことになった。合流してきた隣のクラスの子らに、清水くんは浩を指差し「内地から来た」と紹介する。この学校では陣取り遊びがブームである。この遊びは前の学校でもやったことがあるのだが、地面に引く陣地の線からして形が違い、浩は様子をうかがいながら加わることにした。ここでは組分けはグーパーではなく、あらかじめ決まっている双方の大将が交互に味方の兵を指名するのだ。誘った張本人である清水大将からは声をかけられず、浩はおおかたが隣のクラスで占められたチームに組みこまれる。初めこそ案山子《かかし》のように突っ立っているばかりであったが、攻撃役に移る頃には気後れもなくなり、ほかの子らが安全地帯を埋めつくし、防御が手薄になった隙をねらって本陣にたどり着いてみせる。奥のコーナーを踏めば勝ちである。ここぞと勇んで突進した瞬間に、清水くんに突き飛ばされた。陣外にはみ出るだけでは済まず、転がされるほどの勢いである。

浩は度を越したファイトに腹立ちと幾ばくかの怯《おび》えを覚え、彼らと遊ぶ楽しさが急速に冷え込むのだった。昼休みの終わりが待ち遠しくなる。

夕食どき、浩は母親に「内地」の意味をたずねた。途方に暮れる母に代わって父が応じる。なぜそんな質問をするかを察している気配がうかがえた。

「大昔から大和とか日本とかいわれた土地を内地といってね、逆に新しく日本に加わった土地を外地と呼ぶのだよ。浩の今住んでいる北海道は、かなり後で日本になったから外地だ」

そうすると、今まで自分は内地の人だったのか、そう父に聞く。

「浩は内地で育ったから、そうだね。浩の同級生は、おそらく」と、少し間をおいて
「ほとんどが外地育ちということになる」

「内地も外地もありませんよ。今はみんな日本人じゃないですか」と、内地の意味をつかんだ母が断言する。

「住んでいる人はそうだよ。先祖をたどればほとんどが内地出身だ。だけど、土地はあくまでも内地ではないよ。大昔の日本の記録に北海道は存在しないのだもの。第一、外地の人間だって、ここに望んで住みついた人はいないだろう。みんな内地から押し出されてここにいるのさ」

父親の一方的な口調に怯《ひる》んだのか、母は口をつぐむと、黙々と箸《はし》を動かすのだった。

ほどなく浩は、新しい学校のクラスメートが、四つほどのグループに分かれていることを理解した。学校の東側に広がる住宅街に住む一群。西の電車道に沿った商店の子弟たち。南の浜から通う数名の生徒。そして、その三つのいずれにも属さない、清水らの仲間である。住宅街と商店の子供らには交流があり、放課後に申し合わせて同級生の家に集まったり、草野球に興じたり、自転車で遠出をしたりと一緒に遊びまわる。みんな授業でも学級会でも活発で、授業参観では彼らと彼女らの親が、教室の後ろにひしめくのだった。

ひるがえって浜辺に住む子供らは、授業中はもちろん昼休みも影がうすく、一日のほとんどをひっそりと過ごすのだ。ただひたすら、学校にいなければならない時間が過ぎてくれるのを耐え忍んでいるようである。浩の後ろの席にすわるのは、浜から通う宮地くんという生徒なのだが、浩が何かの拍子でふり返ると、必ずといっていいほどうつむいているか机に突っ伏しているのだ。なるべく口を開きたくないのは自分も同じなので、浩は浜の子らにひそかに親近感を覚えるのだった。この地方の訛りを聞き分けるのは、ひと月もしないうちに慣れたのだが、何しろ話す方が困るのである。浩の舌がしゃべる言葉は、この世界では浩本人と教科書の中にしか存在しないのだ。

言葉を発すれば発するほど、自分がよそ者であることを思い知り、つい口をつぐみがちになるのであった。

放課後も浩は清水らのグループと遊ぶ。誘ってくれるのは彼らだけなのである。このグループは、時に住宅街や商店の子らと交わり、メンコやクギ打ちに興ずることもあったが、ほとんどは町中をうろつき回るのを日課としていた。浩は彼らの尻について、競馬場の厩舎《きゅうしゃ》裏、あるいは駅前の繁華街とその裏通り、戸口の外に椅子を持ち出し、女らが足を組んで並んでいる飲み屋街と、手当たり次第に歩き回ることになった。不穏な気配を漂わせる男や女の間を抜ける時は少々怖気づくが、清水らはまるで気にとめる様子はない。行きも帰りも先導は清水くんで、危ない場所に置いてけぼりを食わないために、彼の背中からいっときも目を離せないのである。

ある日市電の通りをふたつ越え、学校から一時間近くをかけて湾に突き出た埠頭へ繰り出した。六月になると浩の育った南の地ではすでに夏だったが、ここでは早春の肌寒い陽気が続き、ときには風がまだ冷気をふくんでいる。重量感たっぷりの波頭《がしら》が立つ黒々とした海面は、西の空をおおいつくす分厚い雲に飲み込まれていく。黒雲の裏側に、傾き始めた太陽が隠されているのが、隙間に走る白々とした縞模様から見てとれる。突堤にも湾上にも動くものの影は見当たらない。

気づいたとき、清水くんらの姿が辺りから消えていた。ぼんやりと波間に目を泳がせている間に、立ち並ぶ埠頭倉庫のいずれかの隙間を抜けて行ったに違いない。人影を求め、耳を澄ませながら埠頭を突端へと走る。岸壁に打ち寄せる波の音ばかりが一帯を満たしている。うろうろしている間に日没が始まり、倉庫群の灰色の壁が黒々としてきた。行先を失い棒立ちになっているうちに、コンクリートの大きく濃い影が上からおおいかぶさってくる。

ひとりでようやく町内にたどり着いたときには、すでに方々で街燈が灯っていた。家の玄関を開けると、夕餉の匂いが背後の闇に向かってあふれ出すのだった。

七月になっても季節が進まず、気温がますます冷え込んできた。浩は風邪を引き、炎症が肺まで届き、寝床から出ることができなくなった。連日医者の往診を受け、看護師が熱を測ると、医者の方が聴診器を胸に当て、注射を打って帰る。この繰り返しである。喉に食べ物が通らず、苦い散薬を飲む前に、母が用意する粥や時季外れの果物の小片をわずかに口にするのが精いっぱいであった。

頭がもうろうとしたままで、昼と夜の区別がつかなくなった。母が雨戸を開ける音を合図に部屋の中が明るくなると、しばらく天井の模様や節穴をながめて過ごす。寝巻を替え、申し訳程度に味がついた粥を食べて薬を飲むと、ふたたび眠りにつく。そして昼飯で起こされ、朝と同様の手順が反復されるうちに、薄暗がりが窓辺から室内に広がりはじめる。家屋の内外を静寂が制し、耳に入る母親の足音も、淀んだ空気のつぶやきのように聞こえる。まれに鳥の声、庭から響くヤマガラの地鳴きや屋根の上から降ってくるカラスの鳴き声が、普段より大きく、そして鋭く耳に入り、浩は起き上がれない自分が狙われているのではないかと案じ、毛布の中で身をすくませるのだ。

七夕の夜が高熱の頂点だったかもしれない。子供らの歌声が、何組も通りを行きかっていた。独特な節回しの旋律が、道の遠くから届いてくるのか、家の前で響いているのか、それとも自分の頭の横で歌われているのか見当がつかない。突然、ごう音をたてて玄関の引き戸があき、幾人もの歌声が部屋いっぱいに満ちあふれた。

「竹に短冊、七夕祭り。おーいや、いやよ。ローソク一本ちょうだいなあ」

十日ほどの辛抱で寝床から起き上がれるまでになった。一日置きに同級生が届けてくれる学校のプリントを、玄関口で直接受け取ることができるほど快復していた。届けてくれるのは近所の同級生である。その子から浩は住宅街グループの遊びに誘われ、短い夏休みは、彼らと一緒に過ごすことになった。

新学期はすでに秋めく肌寒い朝から始まった。夏休みに引きつづき、学校でも浩はすっかり打ちとけた住宅街の子らとつき合うことになった。その子たちは、アクセントの違いこそあれ、浩に対しほとんど標準語に近い会話をしてくれる。こちらに気を配ってというより、彼らはその話し方を楽しんでいるようである。遊びに行った先の母親たちの幾人かは訛りすらない。そこでは気がねなく話すことができた。

昼休みはドッジボールが大はやりである。場所取りが大変で、給食をとるのもそこそこに校庭へ飛び出して行く。その日、指の先をすり抜けて行ったボールを浩が追いかけていると、鉄棒の傍らにたむろする清水らの姿が目のはしにとまった。浜田さんがスカートをひるがえしながら蹴上がりをし、にぎり棒の上で器用に静止すると、前髪のすき間からこちらをにらみつける。ようやく鉄棒の前でボールをつかまえたところで、やせっぽちの松下くんから声がかかった。

「こちゃこい。ドッジなんてこわいっしょ。かでるけ、こっちゃで遊ぶべ」

浩は、返事をはしょり、そちらへ顔も向けずにドッジボールの輪に戻る。第一にめんどうくさいのと、何か言ったところで「おめのはなす、わげつわがね」と嘲笑されるのが知れているからだ。

翌日の昼休みは、雨のせいであらかたの生徒が教室に閉じ込められていた。廊下から伝わる隣のクラスの大騒ぎが伝染でもしたのか、浩の教室の面々も熱病にかかったような有様である。体育館は学芸会の準備で立入禁止である。同級生の何人かは図書室や臨時開放された音楽室へ逃げ出して行く。浩もどうしようかと迷っていた。

窓側で清水や松下らが騒いでいた。ひとりが机の上で手の平を上に向け、指をひろげる。もう一方が鉛筆を握りしめ、相方《あいかた》の手の平に向けて突きたてる。鉛筆の先端は、開いた指の隙間に次々と突き刺さり、机の面で鈍い音をたてて拍子を打ち続ける。きわどく皮膚をかするたびに、手のひらを差し出す側の少年がオーバーに悲鳴を上げ、周りが笑い転げるという寸法である。突き役、突かれ役が次々変わり、いつまでも飽きることがないのだ。

大騒ぎの集団の中から「内地」という声がもれたのが浩の耳に入った。清水くんが呼んでいると、浜田さんが伝えに来る。伝えるというより、連れに来たという方が正しそうである。浩はこの教室から今すぐ消え失せたいのをがまんして、彼女に従った。机の上で手のひらを拡げている生徒を清水が手振りで追い払うと、浩に「そこさねまれ」と命じるのだ。そして、後ろから伸《の》しかかるように体を寄せ、浩の手首を力いっぱい握り締めると、手のひらを上に向かせ腕ごと机の上に押しつける。待ち構えていたように、松下くんが鉛筆を浩の指のすき間めがけて突き立てた。こちらは手首を押さえ込まれたまま、歯を食いしばり、精一杯指を拡げているしかない。間違っても鉛筆の先端が皮膚のはしに当たりませんようにと、祈り続けるだけである。まわりのかけ声に合わせ、松下くんの筋張った細い腕が上下動を繰り返した。

遊びも長過ぎるといつしか中だるみが来る。一等席で観戦していた生徒らがこの遊びに飽きてしまい、立ち上がったときのことである。打ち下ろす角度が悪かったのか、浩の指の水かきぎわで鉛筆の切っ先が芯もろともひしゃげ、見物の人垣に笑い声が広がった。ヘマをした松下くんの目の周りにうっすらと赤味が差し込む。清水くんが浩の腕を押さえ込んだまま、もう片方の手で新しい鉛筆を子分に手渡す。次の瞬間、松下くんはまるでそれがこの遊戯のルールであるかのように、鉛筆の芯先を浩の手のひらに直接突きたてた。繰り返し打ち下ろすたびに、皮膚が破れて血が飛び散る。周囲の騒音がやみ、静寂が波紋となり教室内に広がる。

浩はなされるがままであった。氷のように冷静で、不思議と恐怖心はわいてこない。今、手のひらを穴だらけにしている松下くんの腕が自分の腕であるかのような気がする。ずっと以前、同じ光景を見たような記憶がある。そこは砂山のてっぺんで、凶器をふるっていたのは浩自身なのだ。

果ての見えない凶行が終わりを告げた。鉛筆の切っ先が、鈍い音をたてて浩の手のひらの肉の奥で折れたのだ。

　まわりから、潮がひくように誰もいなくなった。清水くんの万力のような拳も浩の手首から外れている。あたりからは物音ひとつ聞こえてこない。浩は席に戻り、使える方の手でランドセルの中をまさぐった。たしかハンカチが入っているはずで、それを急いで傷口に当てないと、したたる血で手首まで赤く染まりそうである。

　後ろの席から宮地くんが立ち上がった。休み時間もいつもの調子で、頬づえをついてぼおっと座っていたのである。声も出さずに浩の肘をつかむと、そのまま引きずるようにぐんぐん歩きだす。浩は宮地くんに足並みをそろえようとしたが、その勢いについて行くだけでいっぱいとなり、手首から先の痛みを忘れそうになる。

　宮地くんが扉を開けると、保健室の先生がデスクに腰かけたまま、ぎょろりとした目で振り向いた。二学期始めの朝礼で、この赤い髪の女先生の顔を見かけたことがある。

「宮地か。また、あだま痛えだか。どうせ、ねぷてだけだろ」と軽口をたたき、宮地とその後ろにひかえる浩にほほえみかける。そして、名前を思い出そうとでもしているのか、じっと浩の顔に目をとめたところで、手首から先の異常に気がついた。

　先生は浩の手を水道水で洗い、消毒薬をたっぷりかける。そして何か所かに軟膏を塗り傷口をガーゼで留めると、腕首から先に包帯を巻きつける。

処置が終わると、先生はかがみこんで浩の瞳を下からのぞき込んだ。「たいしたことはないと思うけど、担任の先生に話そうか」

浩がかぶりを振ると、先生は笑ってうなずく。「したら、道で転んだということだね。そういうことだ」と、浩のお尻をポンと叩く。

教室はひっそりとしたままである。昼休みはとっくに終わっているはずだが、教壇には先生の姿が見当たらない。自分の問題のせいで到着が遅れているかもしれないと、浩は落ち着かない気持ちになる。後ろをのぞくと、宮地くんは普段どおり息をひそめてじっとしている。

ほどなく引き戸が開いて先生が姿を現し、何事もなく授業が始まった。浩に顔を向ける気配もない。包帯を巻いた手首を、浩はずっと机の下に隠し続けた。まるで自分の悪事がばれるのを恐れるかのように。

保健室の先生からいいヒントをもらえたので、家の中でも、怪我は道で転んだせいだという説明で押しとおした。母親は包帯が上手に巻けていることを感心するだけで、あまり心配する様子はうかがえない。夕食の支度をしながら、風呂場にいる父親に、浩を入れるから髪を洗ってやって欲しいと声をかけた。そして、包帯の上にパラフィン紙を巻きつけ、手首のところでしばると浴槽に送りだした。

父が浩の髪を洗いながら話しかける。

「この手は、ほんとうに転んだのだね」

顔を伏せているのを幸い、浩はくぐもった声で「そうだ」と答える。

少し間をおいて、父がたずねる。

「浩は、内地に帰りたいかい」

南の町の青い空ときらきら輝く海、水平線に真っ白に積み重なる入道雲が、まぶたの裏に浮かんだ。しかし、それ以外の思い出は崩れるように消えている。

「帰りたくない」と語気強く言いきった。

「子供は慣れるのが早いなあ」と父が感嘆の声をもらし、「お母さんは未だに嘆いてばっかりだ」と続けた。

「ひと冬越したら、浩もいっちょまえの道産子《どさんこ》だわ」

手桶の湯を頭から浴びせられ、思わず胴震いをする。

大森浜まで

宮地という子には、浩がこの地で耳にしたことのない訛りがあるのだが、出身は不明である。内地とも奥地とも知れない。ただ、浩の耳になじみやすい言葉遣いであることは確かである。ある日の給食時間、後ろから宮地くんに、「またパンなげるが」とささやかれ、返答に困ってしまう。

「食べ残し禁止」のお触れのもとで、大半の生徒が苦しんだのがコッペパンと脱脂粉乳である。脱脂粉乳の方は、川べりの長屋から通う生徒のひとりが浩の隣の席で死んで以来、誰が残しても叱られることはなくなった。死んだ男の子はてんかん持ちで、その日発作を起こし、後ろの机の上にのけ反ったのだ。驚いた女生徒が反射的に自分の机を手前に引き寄せると、支えを失くし後頭部から床に転げ落ちた。死んだ原因とは無関係だったのだが、たまたま脱脂粉乳を飲み干している最中に発作を起こしたので、先生方も飲み残しを注意するのに気がとがめるようになったのだ。

無機質で粉っぽいコッペパンもなかなか喉をとおらず、浩は申し訳程度に端をかじると、先生が教室から出るのを待って、スジだらけの鯨肉や味気ない惣菜とともに、残飯用のバケツに放り込む日が多かった。

宮地くんは、「捨てるなら俺にくれないか」と言うのだ。浩からパンを受け取ると、それをわら紙で包み、ランドセル代わりにしているズダ袋に仕舞い込むのである。

その日を境に宮地くんが近しく感じられだしたのだが、友だちづき合いが始まったわけではない。宮地くんもそうだが、浜住まいの子らは、授業が終わると同時に教室から駆け出していき、あたりから姿を消してしまうのである。学校の周囲には、放課後に生徒たちがたむろする原っぱがいくつもあるのだが、そのどこにも彼らの影を見出すことができなかった。


宮地くんと学校の外で初めて顔を合わせたのは、川向こうの貸本屋である。日が沈み、肌を突き刺すような冷気が町中をおおっていた。アノラックの下に母親が編み上げた厚手のセーターを着込んでいたが、寒気は足もとからいくらでも上ってきた。十二月の頭に降った雪が溶けのこり、道路の両ぎわに沿って氷の塊となっている。その氷塊を踏まないように気をつけながら道の真ん中を駆け抜けると、ポケットに忍ばせた十円玉が擦れ合い、派手な音を響かせる。

貸本屋の棚を眺めていると背中を急に突っつかれた。そこにすっくと立つのは宮地くんである。学校での無表情な仮面は外され、口許に笑みを浮かべ、瞳はきらきらと輝いている。恰好はというと、綿シャツの上に寸足らずの薄手のジャンパーを羽織っただけで、いかにも寒そうである。

「何を探しているの」と宮地くんが浩の見上げていた棚に目をこらす。

「忍者モノか。俺も好きだわ。これ読んだことあるか」と、棚の一冊を抜き取って浩に手渡した。

「結構人気あるんだわ。どんどん読まさる。第一巻が残っているのは珍しいから、読んでみれ」

表紙の鎖帷子《くさりかたびら》を着込んだ人物の描線がいかにも荒削りで、一瞬ためらったが、相手の熱意におされ、結局奥の帳場へその漫画を持ち込むのだった。

ふたりはそろって店を出た。あたりはますます凍てつき、吐く息は真っ白である。あかあかとした十三夜の月がふたりの背後から照らし、影が乳白色の道に長く延びる。店を出た途端、宮地くんはいつものような無口に戻ってしまった。ただ、浩の方も話すこともなく、目新しい本を持ち、連れだって夜道を歩くだけで満たされた気持ちを覚えるのだ。

幾日か後のことである。後ろに座る宮地くんにコッペパンを回したところ、しばらくして、浩の脇腹に何かが押しつけられた。「これ、貸すよ」と耳の後ろで低い声がする。表紙に刀を抜いた侍が描かれた漫画雑誌である。

「先生に見つからないように。取り上げられるから」とささやき声が続き、浩は慌てて手に取った本をランドセルに突っ込んだ。

雑誌は大人向けのもので、どの漫画を読んでも吹き出しの字面を追うのに苦労したが、何とか一晩で読み終えることができた。中でも冒頭の連載物にひかれて、前月号までの筋を追いたくなるのだった。翌日宮地くんに雑誌を返すと、その希望を遠まわしに伝えてみる。雑誌の旧いのは貸本屋にあるのだろうかと。

宮地くんは少し迷った様子で視線を宙に泳がせたが、ついに思い切ったように言いはなった。

「この本は兄貴のものなので、本当は持ち出すと叱られるのさ。旧いのを読みたかったら、うちに来て読むといい」

「そうするよ」と浩が意気込む。「今日、行ってもいいかい」

「普段の日は読む暇ないっしょ。終業式の日がいいんでないかい」

　待ちかねた日がやっと来た。浩は浜住まいの子ら数名と連れ立ち学校を出立する。浜が近づくにつれひとりずつ散って行き、広い砂地に入ったときには、浩と宮地くん、そして荒井というおかっぱ頭の女生徒の三人きりとなった。荒井さんは教科書の朗読の最中によくつまり、その度に先生が大げさに嘆くせいで、まわりから距離を置かれている生徒である。空は暗灰色《あんかい》の雲におおわれ、一筋の光も差し込んでこない。紺色の海は波がしらが立つたびに、冷え冷えとした濃緑の腹を見せてとどろいている。この海の先に見えるはずの内地のシルエットは、雲に塗り込められて姿を消している。春が近づくと大森浜の波間に大勢の亡霊が現れるという話を思い出した。昔起きた大火で死んだ大人や子供の霊が、海の底から上がってくるのである。浩は警戒しながら渚で泡立つ潮を眺めまわすが、どこにも異変は見当たらない。

　中ほどに自動車道が一本走る砂原には、数軒の掘立小屋が点在している。屋根は一様にトタンをかぶっている。壁は板壁だけのものから、さび色のトタン板が打ちつけられたものまで種々雑多に並んでいる。中には窓枠の下あたりまで砂に埋もれた小屋もある。荒井さんが「また明日」と大声を上げ、えんじ色のランドセルを揺らしながら、一軒の木戸に消えていく。

宮地くんの家の戸口は地肌むき出しの分厚い木製の引き戸で、くつ脱ぎ場を跨《また》ぐとすぐ板の間が始まる。脚の太いちゃぶ台をはさみ、幼い女の子ふたりが並んで座っていた。ちびた色鉛筆でわら紙に絵を描いているところである。お互いの年齢はそう変わらないようだ。口を真一文字に結び、いぶかし気に浩の顔を見上げている。そろって肌が浅黒く、彫の深い顔立ちとまつげが長いところが宮地くんによく似ている。片方の子が鼻汁をたらしているのに浩は気づいた。色のさめた化せんのカーペットが申し訳程度に床をおおっているが、寒さしのぎの役には立たず、浩の足の裏は氷の上に乗っているかのようだ。

明かり取りが戸口の横と海側に面した壁に取りつけられているが、室内は薄暗く、やや広めの納戸に迷い込んでしまったという雰囲気である。宮地くんが梁《はり》からぶら下がる電燈のスイッチをひねると、ちゃぶ台の周囲だけが明るく浮き上がった。奥にもうひとつ、仕切りのない畳敷きの小部屋があるのが認められる。幼女らを自分の妹だとそっけなく紹介すると、天井にうがたれた穴へ伸びる梯子を示し、浩をいざなった。「ここが兄貴と俺の部屋で」と宮地くんが案内を始めたのだが、浩の視線はあらぬ方にくぎづけになったままである。広い窓の外に、浩が優に五、六人は入れそうな大きさの小屋が据えつけられている。窓ガラスに仕切られていなければ、まるで宙に飛び出た隣部屋かと見間違えそうである。板と金網で囲われた小屋には、十羽足らずの灰色の鳩が、止まり木に乗ったり、敷き藁に座ったりしている。

「伝書鳩だ。兄貴が訓練して、おがると売っている。じぇんこかせぎだあ」

鳩に見とれて立ちつくしている浩の腕を宮地くんがつかみ、「それより、こっちゃを見れ」と窓の逆側を示した。板張りの壁ぎわに布団がたたんであり、その上に三段の本棚がかけられている。棚には、浩が読みたかった漫画雑誌や単行本がぎっしり並んでいる。

「好きなのを読んだらいいっしょ。兄貴にも話してあるし。俺は下の部屋少し暖めねばならねから、また後でな」

時間がたつのを忘れ、待ち望んでいた漫画を読みふける。とうにお昼時を過ぎたが、空腹を感じないままである。兄妹たちが歩き回る気配はなく、階下はずっと静まり返ったままだ。途中で風向きが変わり、窓の隙間から糞尿の匂いが強くただよってきたが、気にもならない。

ふと本の読みづらさに気づいて顔を上げると、窓の外が薄暗くなりかけている。天井を見上げたが、照明器具など一切無さそうである。この建物の二階全体が鳩小屋のようなものであることに気づいた。

「おい」と梯子口から半身をのぞかせた宮地くんから声がかかる。「そろそろ帰った方がいいんでないかい。吹雪《ふぶ》くっしょ」

宮地くんが宙に浮かぶ鳩小屋に面した窓を開けたとたん、粉雪が部屋に吹き込んできた。身を乗り出し鳩小屋に黒ずんだござをかけ、端を綱でゆわえつける。

「兄貴が帰ってきたら」と言う。「力があっから、小屋ごと部屋に入れてしまうさ」

浩はこの小部屋に外の鳩小屋が引っ越してきたさまを想像してみる。そうなると、宮地兄弟は、壁ぎわで寝返りも打てないまま眠ることになりそうである。

階下では、ちゃぶ台の真横で薪ストーブがたかれていたが、床の上は冷え冷えとしたままである。ストーブに置かれた薬缶からわずかに湯気が立っている。宮地くんのふたりの妹が、熱を帯びた鋳鉄《ちゅうてつ》の横腹を抱きかかえんばかりにしてすわりこんでいた。

戸口を出たとたん、頬や額に雪つぶてが当たる。見上げると、天高く雪が渦を巻いていた。いつかしら波打ちぎわがすぐそこまで迫り、潮騒と風のうなりが共鳴し、辺りを轟音で満たしている。波頭の白々とした飛沫を除けば、黒々とした波間には、動くものはもちろん死者の気配すらない。海そのものが、ひとつの生き物のようにのたうっている。

背後の引き戸の陰から、宮地くんが「すんばれるわ。たまにうぢさ遊びに来いや。せばなあ」と声をかける。浩はその言葉を耳の底で繰り返し反すうする。訛り言葉が耳に障らなくなっていることに気づいていた。

浜から浩の家へ帰るには真っすぐに伸びる幅広の砂利道をたどればよい。ここは街燈がなく、日が落ちると真っ暗になる。地面から吹き上がる横なぐりの雪のすきをつくように道沿いの灯火が目のはしに映り、どうにか自分の位置を確かめることができる。そのわずかの明かりを頼りに、道路わきのどぶに落ちないようにと、行く手に目を凝らしながら歩を進めた。中学校のだだっ広いグランド際に差し掛かった頃には、容赦ない氷片《ひょうへん》のしぶきが地面から吹き上がり、目を開けていることができなくなる。やっと家の玄関灯の下に立つと、全身が雪粒で覆われていた。

冬休み明けには、二度ほど宮地くんの家に足を運び、連載漫画をひと通り読み終えることができた。訪ねるつど、妹たちはよく騒ぎ笑うので、初めての出会い時のだんまりは、強い緊張のせいだったことが分かった。そして、教室でこっそり宮地くんに渡すパンが、彼女たちのおやつになっていることも。

浩としては、宮地くんの兄に頼み、一度でも伝書鳩が放たれるところを見たかったのだが、訪問時には、この兄も両親も一度たりとも姿を現すことがなかった。

春休みに入る日に、今度は宮地くんの方が浩の本箱に並んだ漫画を読みに訪ねて来るはずであったが、ちょうどその日の朝、浩は発熱で寝込んでしまった。流行り風邪である。火照った身体で寝床に横たわっていると、玄関先から母と宮地くんのやり取りが伝わってきたが、その声は濃い霧の奥から伝わってくるようだった。

翌朝、母親が麻紐で束ねた数冊の漫画本を枕元まで運んできた。

「こんなものが、玄関先に置いてあったわよ。あなたに心当たりあるの」

本はみな背表紙の色が褪せ、小口が黒ずんでいる。母は汚れ物でも手にするように顔をしかめている。宮地くんが届けてくれたものに違いない。

「これ借りたんだ」と母に訴える。母が浩の枕元で麻紐を解くと、重ねられた本の間から砂粒が落ちて畳にちらばった。

「埃っぽいわね。外で叩いてくるから、ちょっと待っていなさい。それにしても」と鼻を本に近づけ、「少し臭いわね。大丈夫かしら」

浩は、母の背中に向かって声に出さずにつぶやいた。「それは鳩の匂いだよ」

新学期の組替えがあり、クラスの半分以上が新しい顔ぶれとなった。ところが教室はおろか校内のどこにも宮地くんの姿が見当たらない。様子を聞こうと浜住まいの荒井さんを探したが、彼女の姿も消えていた。数日して、住宅街に住む生徒のひとりから、浜の子らは遠くへ引っ越したのだと伝えられた。

次の日曜日に、浩は長靴をはき、雪解け道を大森浜へ向かった。春の陽光がそそぎ、通りの中ほどはそろそろ砂利がむき出しになりかけている。

浜地の自動車道路を越えたところで、そこから先の屋並みが影も形も無くなっているのに気づいた。消えた掘立小屋の跡を探ろうにも、真新しい鉄条網が行く手をさえぎっている。

見晴らしの邪魔となっていた建造物が無くなったせいで、渚沿いの景色が様変わりしている。みどり色の海原の手前を、薄墨《うすずみ》色の砂浜が西へ向かって延々とのび、その奥で函館山が身をふせている。浩のかたわらの地面に数羽の鳥の影が過ぎ、あわてて見上げると、予期していた伝書鳩ではなかった。

南の果てのタスマン海からロシアの北側へ、極地から極地を渡る、ミズナギドリの季節が来たのだ。

レンズマン　リターンズ

長いことありかを探したあげくに、ジュラルミン製の星座早見盤は停留場前の理化学機器専門店で見つけることができた。以前ペンシルロケットを飛ばすために、硫黄や硝石を小分けで購入していた店である。その小さな店の陳列窓に天体望遠鏡が並んでいたのを不意に思い出したのだ。天体つながりの連想で、星座早見盤も取り扱っているかもしれないとひらめき、それが的中したのだ。

年長者の間では日本で初めて開かれる東京オリンピックが話題をさらっていたが、浩や級友らにとっては遠い国のお祭り騒ぎにすぎず、現実感という意味では宇宙の方がずっと身近に感じられたのである。ソビエトが次々と宇宙船や人工衛星を建造し、宇宙飛行士たちが新しい英雄の座を占めることになった。アメリカも追随を始める。日本の宇宙英雄はセキヤやトミタで、自作の望遠鏡を使って、世界の誰よりも早く新しい彗星を見つけていた。

浩が惹かれた宇宙は、初めのうちは宇宙船が目ざす月や火星にとどまったのだが、それが太陽系外へと広がるのに大した時間はかからなかった。

日が高いうちから浩は早見盤をセットし、日没に備えていた。夕食を済ますと厚手の外套を着込んで出かける。行先は、家の裏手を抜けた先にある火除け地である。広《ひろ》路《じ》と呼ばれる火除けのための人工林の木々は、一定の間隔を空けて植えられているのだが、人家の灯は繁る梢にさえぎられ、喬木の枝を払いながら奥へ進むごとに、行く手の闇が一段と濃くなっていく。

広路の中ほどまで来ると木立が途切れ、突然、小さな円形劇場のステージを思わせる空地が現れる。ただし頭上に瞬くのは天井照明ではなく満天の星である。浩は懐中電灯を点け、星座早見盤をのぞき込んだ。天頂近くに「秋の四辺形」が輝き、それを囲むように主要な神話の登場人物たちが夜空を彩っている。浩は早見盤と夜空の星を一つずつ突き合わせながら名前を確認していく。天上は四方の裾野まで晴れわたり、「琴座」から「南の魚座」まで余さず見わたすことができる。

林の中では地面に散らばる枯れ枝が、時たま靴裏で折れたり、虫の細々とした鳴き声が聞こえるだけで、物音が絶えている。静寂の中、星々が空に浩が地にと、両者が佇んでいるだけである。

その時、広路の反対側から何かの気配が近づき、浩の目の奥に閃光がよぎると、闇の向こうでまばゆい光が輪を結んだ。

「ここで、何やってるんだ」という甲高い声を浴びせられ、浩は飛び上がりそうになる。

つづいて、「あれ、おめか」と言いつのる影に向けて、恐る恐る懐中電灯を向けると、そこに屈背《くぐせ》の少年が突っ立っていた。

浩は根本守くんが苦手である。根本くんはくる病で、背中に瘤を背負っている。といっても、足の速さはクラス一、二で、腕力も強く、その肢体の外観を除けば不自由なことはなさそうである。授業中は活発で、良く通る声でたびたび質問をしてみせる。その質問をはたから聞いて、浩などは「なるほど」と初めて授業の内容に気づくほどであった。漢字の書き取りや計算の小テストは、仕上がった順に教室から退散できるのだが、ここで断トツに早いのは根本くんであった。浩は一度でいいから根本くんを抜き去りたいと闘争心を燃やしたこともあったが、差が開き過ぎて、じきにあきらめてしまった。最大の関門はグループ学習である。座席の配置で顔ぶれが決まるグループ学習で、ふだん根本くんは浩の隣のグループに入っている。その机の島から聞こえてくる声といえば、ほとんど根本くんの発言だけなのだ。時々、グループの中からか細い声が上がるのだが、根本くんのせき込むような大声が間髪入れずさえぎり、ほどなく異論や反論は影をひそめてしまう。

どこかのグループで病欠者が出ると、員数合わせでこの論客が浩のグループへとずれ込むことがある。根本くんは口のはしに唾が泡だつほど熱弁をふるい、メンバーの顔を丸眼鏡の奥から上目づかいでにらみつけるので、その気迫に押され、誰も意見を言えなくなるのである。また、勘違いやあいまいな説明を許してくれないので、話し方に気をつかっているうちに、根本くんのペースに置いて行かれてしまうのだ。その日の課題にもよるが、グループ学習の仕上げは教壇に上がっての発表がお定まりである。発表者が誰に当たっても、そのグループに根本くんが入っているときは、この独裁者の意見を気乗り薄で発表することとなる。まれとはいえ、浩はこの根本くんとの共学の時間が来るたびに憂鬱になるのだった。

その根本くんが、夜闇の広場で下草から鎌首をもたげるように立ちはだかっている。白い筒が根本君の腕に抱かれているのが目にはいった。瞳を凝らしてみると、太い筒の天体望遠鏡のようである。根本くんは、それ以上何をしているかと詮索することもなく、浩がそれまで占めていた場所に、我が物顔でスタンドを広げるのだった。手慣れた様子で架台を調節しながら、ふと浩の手もとに目をとめ「早見盤で星の研究か」と問いかける。相手が浩だと認めたせいか、訛りを和らげている。浩は答えるのを躊躇《ちゅうちょ》した。根本くんには下手な説明をすると揚げ足を取られそうである。相手は元々返事など期待していなかったのか、黙々と手を動かし続ける。そして、望遠鏡を組み終えると、自分の眼鏡のフレームに指をかけ、息をつめて反射式接眼レンズに見入るのである。

浩といえば、いったんそがれた気勢は簡単に戻らず、手持ちぶさたに乱入者のうなじあたりを眺めるばかりである。根本くんは後ろで立ちつくす浩の鼻息に、やっかみを感じ取ったのかもしれない。振り向くと、「遠い星も面白いけど、しょせん大昔の光を観ているだけでしょ。このレンズを見てごらんよ」と声をかけた。

いつもの喧嘩腰の気配が薄らいでいることもあり、浩もここは誘いに応じる。天体望遠鏡を覗くのは初めてであった。筒先が向く方向にはごく薄い下弦の月が浮かんでおり、てっきり月面を見せられるのかと思ったのだが、レンズいっぱいに映し出されているのは、輪を持つ惑星、土星の姿だった。何と魅惑的な星であることか。

「面白いだろう。あの邪魔な月がもっと離れてくれれば、土星の輪の色味まで見える

ように なる。次に火星を見せようか。この近くにいるはずだ。暗いから見つかるかな」

それからしばらく一緒に過ごしたのだが、根本くんの博学ぶりに圧倒されるばかりで、浩はだんだん眠気を催してくる。そのうち向こうも素人を相手にするのに飽きたとみえて、レンズをとおしての写真撮影にいそしみはじめていた。

「きみは、いつもここで星を観察しているの」と、浩が思い切ってたずねる。

「いや、今までは、ずっと」と、広路が伸びる南方を指さし、「大森浜に近い方まで行っていた。邪魔っ気な高い建物も無いし、僕の家からも近いし。でも、へんな奴らがうろついていて。この前はお金を取られた。その上」と頬骨の張った顔をぐいと浩に向けて、あごの下に指をあてる「殴られて、眼鏡も壊された。おめも向こう側には行かない方がいいよ」

浩はその淡々とした物言いに感心すると同時に、自分を包むこの深い暗闇に薄気味の悪さを感じるのだった。そのとたん生あくびがひとつ出た。いつの間にか気温も下がり、外套を通して冷気が忍び込んでくる。

「もう帰るね」と言いおいて、広路の空地を後にして木立へとまぎれこむ。その背中に根本くんが「当分、この場所借りるから」と高い声で呼びかけるのだった。

あれほど執着していた星座早見盤だが、一晩で熱が冷めてしまった。秋の星空は連日眺めてもそんなに変わらないだろう、という気持ちもあったのと、レンズがとらえるあの圧倒的な土星の姿に接すると、星座の面白みが数段落ちてしまったからである。宵闇が訪れる時刻になると、根本くんが裏の広路に居すわっているなと思うこともあったが、あの夜の会話だけで苦手意識が消えた訳ではなく、わざわざ足を向けるのはおっくうであった。彼の声を耳にするのは、授業中だけで沢山だと思うのだ。

数日後のことである。朝からうろこ雲が空いちめんをおおい、ひんやりとした風が吹いている。浩は下校の準備をしていた。ゆっくりとノートや筆箱をランドセルに仕舞っている。図書室で時間をつぶそうか、原っぱ遊びの仲間に入れてもらおうかと迷っているのだ。

背後に気配を感じ振り向くと、根本くんが太い切株のようにどかっと立ちつくし、こちらをにらみつけている。

「これから、うぢさ遊びに来ないか」

浩は、行けない言い訳を急いで編み出そうとするが、「おめに見せたいものがあるから」と畳みかけられ早々と観念をした。

根本くんの家は駐屯地へ向かう通り沿いに立つ平屋で、似た造りの住宅が並んでいるところを見ると官舎のようである。鍵を差して玄関扉を開け、根本くんは人差し指を口の前に立て、「音をたてないように」と連れに伝える。そして、廊下の奥へ浩をいざなう。居間の奥では父親が寝ているということだ。根本君はたずねられもしないのに、自分の家族の紹介を始めた。母親は根本くんが小さなうちに亡くなり、ほとんど父ひとりに育てられたこと。そして、その父は警察署に勤めていて、勤務がとても不規則だということ。たとえ足音を忍ばせたところで、根本くんの甲高い声が父親を起こしてしまうのではないかと、浩は気が気でない。

根本くんの部屋は広くはないが、机も書架もきれいに整頓されていて、こざっぱりとした印象である。もう一つ襖を開けると、隣にも和室があり、そこは光学機器の収蔵庫のようになっている。広路の林で惑星を眺めたときの望遠鏡を始めとし、ガラス棚の中にカメラやファインダーがいくつも収められている。窓際には、百科事典でしか見たことのない天球儀が鎮座している。とくに目を引くのが、真ん中の広いテーブルに並べられた金属の筒や大小のレンズ、分解された部品類である。

「望遠鏡を作っているところさ」と、根本くんは普段より早口になる。

「部品をそれぞれ作っている工場から直接買って自分で組み立てると、半分以下の値段でできるべさ。逆に言えば、同じお金で倍以上の口径の望遠鏡が手に入る。それどころか」と、手前に置かれていた小さな望遠鏡を浩に示す。

「これは、もう使わなくなった屈折望遠鏡だけど、レンズを入れ替えてファインダーにしようと思っている。古いのを再利用すると、もっと安上がりになる」

根本くんの入れ込み様に驚き、浩は目を見張るばかりである。しかし、これが「家まで呼んで見せたいもの」なのだろうか。「おめも一緒に望遠鏡を作らないか」と誘われそうで、気もそぞろとなる。

やがて根本くんはガラス棚の開きから、大切そうにバインダー式のアルバムを取り出した。

「この前の夜は月が邪魔してそんなにきれいじゃなかったから、これ見せようと思ってさ」

ふたりで畳にすわりこむ。そうすると、根本くんの威圧感があまり気にならなくなる。

開いたページにはEサイズやもっと大きめに引き伸ばされた幾葉もの土星の写真が、三角シールで四隅を丁寧に留められていた。確かに先の晩にレンズが捉えた惑星の姿より、ずっと鮮明に写っている。

「輪が筋まではっきりしているでしょ。土星の輪は地球から見ると傾《かし》いだり水平になったりするから撮る時期が難しいのさ。この写真は去年の冬に撮影したものだよ」

「すごいな」と、浩はつぶやいたつもりが思わず大声になった。

「そうだろう」と根本くんの嬉しそうな歓声が耳もと付近で響く。

「もっと輪の隙間をくっきりと出してね、それに衛星も一緒に撮りたいので、高性能の望遠鏡を作っているのさ」

アルバムには惑星だけではなく、星座の主星や月の表面、人工衛星の軌跡を写した画像などが詰まっており見飽きることがない。気づくと窓の外が薄暗くなっている。帰りが遅くなることを母に伝えていない。根本くんに頼んで天球儀に触らせてもらうと、浩はもっとこの空間に浸っていたい気持ちを振り捨てて、いとまを告げることにした。スライド映写もするからと引きとめられるが、「また今度お願いね」と言い置いて腰を上げる。先ほど受けた注意をすっかり忘れ、足音高く玄関へ向かった。

廊下には煮炊きの匂いがただよっていた。慌ただしく靴を履き、飛び出そうとするところに、面長でがっしりした体格の大人が現れた。根本くんの父親である。浩が挨拶をすると、よく通る声で「お名前は」とたずねられる。何だか怖い感じがして、浩は早口で答えると、そそくさと外へ飛び出すのだった。

通りへ出てすぐのことだ。後ろからかけ声がするので振り返ると、根本くんの父親が急ぎ足で追いかけてくるところであった。思わず固唾《かたず》を飲んだのだが、お父さんの口から出た言葉は「今日は来てくれてありがとう」というものであった。

「何のもてなしもできなくて申し訳ない。守に友達ができたのを知らなくてね。遠慮しないで、いつでも遊びに来てくれたまえ」

父親は顔中のしわを寄せて笑うと、身をひるがえし駆け戻っていくのだった。

浩の父が時折見せる照れ笑いに似ていないこともない。


結局、ふたたび遊びに行くことも、夕闇の広路をのぞくこともなかった。高性能望遠鏡の製作の進み具合に興味がわかないことはないが、足が向くかというと、そこまででもない。根本くんは教室では相変わらずである。学級会でも、度々議事に難癖をつけ、級長をたじたじとさせる。根本くんの手厳しい指摘に級長も副長も涙ぐむことが珍しくない。彼の質問や意見はいつも正義と合理の側からの発言なので、言い返すことがなかなかできないのだ。それなら根本くんが級長に立候補すればいいのだが、どうも本人にその気はないようであり、おそらく票を投じる同級生もいないに違いない。

事故は遠足先で起きた。夏休み明けに予定されていた大沼行きが雨天延期をくりかえし、実現されたときには秋深い十月となっていた。奥地の山からは雪の便りが届く頃である。大沼も冬の入口にあるだろうと、生徒らは親にスキーに行くかのような恰好をさせられ、水筒にも揃って熱いお湯がつめられている。しかし、学年の雰囲気は遠出の興奮で白熱状態であった。ほとんどの生徒にとって、郊外への行楽や遠足は仁山高原どまりで、その先は未知の土地なのである。

大沼の湖上へは遊覧船で乗りだした。

高く澄みわたる空の下、沼が連なり入り組んだ湖畔は、ブナ、カエデ、ミズナラなどの高木の紅葉で染まっている。ナナカマドの葉は冷たい風に耐え切れず、あらかた散り終えている。波だつことがない鏡のような湖面には、樹木の姿や色どりだけではなく、青空にそびえる駒ケ岳の輪郭が映し込まれていた。その山の端は中腹に浮かぶ凍雲《いてぐも》を抜いて立ち上がり、険しい頂まで伸び上がっている。

凪《なぎ》の海かと錯覚される群青色の穏やかな水面を遊覧船が進む。浩の乗り込む船が先頭である。別のクラスが分乗する船が二隻、十数メートルの間隔を空け続いて行く。景色を眺めるより、手を伸ばせば触れそうな水面が面白く、皆は争うように船べりから身を乗り出していた。

浩はへさき寄りに座り、やはり水上の波紋に目をこらしていた。誰かの「さかながいる」という叫び声につられ魚影を探していたのだ。船の針路が曲がったのを感じた瞬間である。何か白い影が船べりから宙へはみ出しているのが目のはしに映り、思わず船尾の方角に顔を向けた。根本くんのがっしりした全身が目をよぎる。船べりから片腕を伸ばした体が飛び出していている。次の瞬間根本くんは湖水に転がり落ちた。水しぶきもろとも姿がかき消え、船尾の先の水面にすっと上半身が現れ、また沈む。皆が息を呑み込んだ一瞬の静寂が、つづいて悲鳴に変わる。

水に沈んだ根本くんの体をとらえたのは後ろに続く船の乗務員で、飛び込むことなく、片手で船べりの手すりを握ったまま、半身を水上に投げ出し、空いた方の腕で根本君の胴をかかえこむ。根本くんも乗務員の胸にしがみついた。乗務員の腕から根本くんを甲板に引き上げたのは隣のクラスの先生である。まるで手慣れた作業をこなすようなスムーズな救出劇だった。間を置かず、エンジンの起動音を合図にスクリュープロペラが回り始めた。

厄介なのは、根本くんは突き落とされたのだという訴えが、複数の女生徒から担任に告げられたことである。

クラス担任の指示で、濡れネズミの根本くんと、周囲にいた生徒の幾人かが船着き場の建物に残され、浩たちは隣のクラスに編入されることになった。そして、小休止もそこそこに湖畔の散策に押し出され、じきに、まばらな木立の間から湖沼が望める広場で弁当を広げることになった。

いつの間にか頭上に雲が目立つほど広がり、駒ケ岳の方角から冷たい風が吹き始めた。沼の水面が細かく波立っている。

翌日の授業には全員が元気に登校し、そこでは根本くんの災難が口の端に上ることもなかった。この出来事に恨みや不満が残る気配は毛ほども感じられない。

土曜日は快晴だった。夕飯を済ますと、浩は星座早見盤を持って広路へ向かった。季節が進んだおかげで、先の時分には一部欠けていたオリオン座の全体像、振り上げたこん棒の先から両足の先までがはっきりと見えるはずである。澄みきった夜空のおかげで、お腹あたりのベテルギウス星の瞬きはいっそう鮮明になっていることだろう。葉が散り落ちて、裸になった木立越しに、望遠鏡をのぞく根本くんの姿が見えた。もしかしたら、根本くんは晴れた夜には何か月もここで空を見ていたのかもしれない。望遠鏡は以前と同じままなので、大口径の望遠鏡はまだ完成していないに違いない。

足音に気づいて根本くんが「やあ」とため息をつくような調子で声を上げた。浩も「やあ」と木霊《こだま》のように返す。

懐中電灯の明るさで早見盤を読み取るために、浩は自分の身体を電気スタンドの傘になるようしゃがみこんだ。先着者の観測の邪魔にならないように気をつかったのである。根本くんといえば、浩の気づかいには無関心なようで、「木星の模様を見るかい」といきなり声をかけ、自分の足場を譲ってよこす。息をつめて接眼鏡をのぞき込んでいると、横から根本くんが高飛車な調子で問いかけた。

「銀河系って知っているだろう」

「僕らが今いる星雲でしょう」と浩はレンズの向こうの木星表面を凝視しながら答える。

「そうさ。ところで、この銀河系の形は格好いいよね。どんな形か知っているかい」

浩は記憶を探るが、何も浮かんでこない。ほぐれかけた高積雲のようなマゼラン星雲なら本で見知っているのだが。

「横から見ると虫メガネのレンズの形をしている。もちろん、誰も見たことがないから、理論で導き出されたものだ。これからも、当分誰も見ることはないけどね」

浩は根本くんの話し方から、多少押しつけがましさが薄らいだのに気づいた。

「ところでさ。この前の遠足で、僕が水に突き落とされたって言っている連中がいるだろう」

浩は落ち着きを失い、ぐっと息を止める。胸の奥深くに仕舞っていたものが、突然姿を現したのだ。根本くんの口調には怒気がふくまれている。

「それは嘘だからね。先生にもはっきり言ったけど、僕は風で飛ばされた誰かの帽子を拾ってやろうと思っただけだ。つかみ損ねた拍子に落ちちゃったけど。僕は先生に、帽子を失くした人がいるはずだから探してくれと頼んだのに、結局何もしてくれないのさ」

そして、胸を精一杯突き出し、下からぐいと浩をにらみつける。

「俺はうちのクラスの連中はみんな好きだぜ。あいつらが可哀そうだよ。疑われっぱなしだからね」

浩は根本くんの目の玉を真っすぐのぞきこんだ。つきあって初めてのことだった。星明かりが根本君の瞳の中に満ちていた。浩はこの瞳と以前どこかで幾度も出会ったことがあることを思い出した。出会い、別れ、もう会うことはない少年少女たちの瞳だ。

お屋敷町のアーシャ

　リーナさんとは小学校にほど近い道立高校の正門脇で待ち合わせていた。土曜の昼下がり、いったん家へ戻り慌ただしく昼ごはんを済ませると、屋上に天体ドームが鈍く光る校舎に向かって自転車を走らせた。初夏の日差しの向こうから、浩の首筋に涼しい風が吹き寄せている。

　リーナの本名は、外崎理奈であるが、生徒たちには自分を「りいな」と呼んで欲しいと強いるので、学校ではリーナさんなりリナさんで通っている。頭上から下りてくるヤマナラシのそよぎの音を浴びてたたずんでいると、銀色の自転車が街の一角をへだてた小学校の門前に現れ、真っすぐにこちらへ向かってくる。リーナさんの肩の上にかかる髪は木漏れ日を受け、眩しく輝いている。

「お待たせ。こちらからお願いしたのに、ごめんなさいね。本当は、私が先に来ている手はずだったのに、次々に邪魔が入ってしまったの」

リーナさんの話し方はいつも確信にあふれ、時に断定的過ぎるのだが、浩の耳には沁みとおるように響き、常にあらがいがたい気持ちにさせられる。

「私について来てね。けっこう速いから、遅れないように」と歯切れ良く言うなり、リーナさんは高校前の通りを東方向へ勢いよくこぎ出すのだ。高校の長い塀を外れてしばらく走ると、ふたりの自転車は白楊通にたどり着く。


五年生となり、二学期が始まって間もなく、浩は昼休みと放課後の小一時間ばかりを図書室で過ごすようになっていた。しばらく前から、校庭や原っぱでの遊びには興味が薄れていたのだ。ひとつには、熱を出しては休学するということが春先から繰り返され、快癒した後に登校してみると、流行りの遊戯やルールが変わっており、習熟した集まりに入ることに気後れを感じるからであった。その点、本を読むことに余計な気づかいは無用である。もうひとつの理由は、二学期から図書室の司書が替わり、いつもしかめ面をしていた老婦人の席に、ほがらかな若い人が座ることになったせいもある。それまで室内でしわぶき一つ許さない静寂を求められていたものが、新しい司書はよく笑い、跳ねるように歩き回り、進んで生徒たちの中に入ってくるのである。

浩が新しい司書のリーナさんに声をかけられたのは、書棚の間にとどまり、借り出す本を物色していたときである。気づくとリーナさんがすぐ隣に立っていた。

「もしかして、あなたがイリヤさん」と、微笑みかける。

とっさのことに浩は口をつぐんだまま大きくうなずいた。浩の髪はもともと鳶色《とびいろ》がかっていたのだが、高学年になるとそこに巻き毛も目立つようになっていた。瞳も茶色で、外光の下へ出るとベージュ色とも映る。その風変わりな印象のせいで、イリヤとあだ名されることになったのだ。イリヤはテレビの活劇ドラマに出ている引っ込み思案な脇役である。しかし、それまでの「内地」という乱暴なあだ名よりずっと穏当な感じがして、浩もイリヤと呼ばれると進んで返事をするようになった。

「やはりね。あなたを見たときに、この子がイリヤと呼ばれている子じゃないかとピンときたのよ」と言い、続けて「リーナとイリヤね」と白い歯をこぼす。

リーナさんがリーナさんと異国風の呼び名を望む訳は不明である。リーナさんは髪が赤いわけでも巻いているのでもない。逆に、つややかな黒髪が広い額を横一線にょぎり、こめかみのところから肩の上まで、おもりでもたらしたように真っすぐに降りている。瞳はうるんだような漆黒をしている。

「何か探しているの。どんな本が好きなのかしら」

その道のプロから尋ねられたことで、浩の頬はにわかに火照りだす。

「この前『飛ぶ教室』を読んで面白かったのです。同じ人の書いた本を探しています」

「ケストナーね。出版社は別々だけど、この図書室にほとんどそろっているわよ。少し待ってね」

リーナさんは書架の間を風のように通り抜け、手を伸ばしたり屈んだりして数冊の本を腕にかかえ、浩のもとに戻ってきた。

「ケストナーはこれだけ置いてあるのよ。どれにしようかなあ」と、浩を置き去りにして自分で悩み始める。「『飛ぶ教室』とはずいぶん毛色が違うけど、お薦めは『点子ちゃんとアントン』ね。続いて『ふたりのロッテ』と進むのがいいかな、そこでまた考えましょうか」

日にちをかけず、浩がケストナーの二冊を順調に読み終え、図書室へ返しに行くと、リーナさんは感想も聞かず、突然「次は、目先を変えて日本の小説を読んでみないこと」と思いがけない提案を持ち出すのだ。

「これは大人向けの本だけど、イリヤには読めると思うわ。私の本だから、いくら時間がかかっても構わないし」

リーナさんが差し出した本の書名は『若い人』とある。

「この本の舞台は、私が卒業した高校だと言われているの。途中で難しい会話が続くところがあるけど、それ以外は読みやすいわよ。意味がつかめないところは教えてあげるわ」

自分が特別に認められたような気持ちにかられ、勇んでその本に取り組んだのであるが、じきに閉口して、早くケストナーの世界に戻りたいという思いに駆られるのだった。舞台背景や若い男女のやり取りには興味をひかれたが、いつまでたっても同じところをぐるぐる回っている物語より、ページがめくられるごとに登場人物たちが明日の扉を開けるような物語こそ、浩に欠けたところをおぎなってくれるのである。

この頃、浩の心をときめかせるゲームとの出会いがあった。父親が半ば衝動的に買い込んできたチェスである。父と母と浩とで、説明書を片手に面白がって遊び始めたのだが、最初に父が、次に母が飽きてしまい、十日もかけずに浩は対戦相手を失ってしまったのだ。昼休みの教室で、将棋を指す同級生らがいる。浩もかたわらで観ていて、チェスと同様のおもしろみを覚えた。しかし、手のひらに包まれるキングやクイーンの駒の重量感、ナイトやルークの複雑な手ざわり、そして市松模様の重厚な盤に慣れると、将棋は駒も盤もいかにも味気なく、そいつで遊ぶのがためらわれるのであった。

実戦はあきらめたものチェスそのものに未練が残り、浩は駅前の本屋で偶然見つけた入門書を求め、それを図書室で読みふけっていた。数日続いた長雨が上がり、ほとんどの生徒が校庭の日差しの下に飛び出して行ったため、ここには低学年生二、三人がいるだけである。彼女たちは本を読むというより、リーナさんにかまってもらうのが目的で、図書室に寄りつどっているのだ。そのリーナさんが談笑の輪から離れて浩の方に歩み寄ってきた。

「熱心ね」と、浩の手許をのぞき、「あらっ、あなたチェスをするの」と声を上げる。

「勉強中です。上手になりたいと思って」というこちらの返事にうなずき、リーナさんは一旦受付台に戻るが、間を置かずに身をひるがえしやって来ると、浩の横の椅子にひょいと腰をかける。

「イリヤ、お願いがあるの。私の妹のチェスの相手をしてくれないかしら」

浩は、目を丸くしてリーナさんを見返した。リーナさんに妹がいることも、その妹がチェスをすることも初耳だが、何よりも対戦の誘いとは。

「妹はイリヤより一つ上だけど、今年は休学中なの。だから中学にはあなたと同時に進学することになると思うわ。病気で外に出られないので、家で本を読んでばかり。でも、以前に彼女が祖父から教わったチェス盤と教則本が納戸から出てきて、この頃結構のめり込んでいるのよ。だけど、ひとりで遊んでいてもつまらないって、ちゃんとしたチェス相手を欲しがっているわ」

「リーナさんの妹さんはこの学校の生徒なのですか？」

「いいえ、八幡町にある道立に行っているの。私も中学までそこに居たのよ」

女の子相手ということで、気後れがないわけではなかったが、チェスができそうだと知った瞬間に気持ちは決まっていた。

「リーナさん、ぜひ妹さんとチェスをさせてください」

この快諾にリーナさんの顔が輝いた。

「ありがとう。彼女喜ぶわ。妹はアーシャというのよ。私の無理くりリーナと違って、本当にアーシャ。こう書くの」

と、テーブルの中ほどにあるホルダーからメモ用紙を引き抜き、万年筆で「亜紗」としるすのだった。


高い石塀やら密集したオンコの垣根が現れ、自転車はお屋敷町に入る。リーナさんの家は二階建ての洋館で、高い鉄柵と生垣で囲われている。ふたりは門の横の通用口から乗り物を運び入れた。

玄関までの小径に沿って植えられたドウダンツツジには、濃い青葉をしとねにして、純白の花がまき散らされたように咲いている。庭の奥にはヒバの木が繁り、強い日差しを遮っている。そして、屋敷の白茶色の石壁が、庭の緑葉を鮮やかに引きたてていた。

幅の広い階段を上り、二階の廊下へ入ると、一番奥がアーシャの部屋である。

アーシャは空色の地に藤色の格子模様をあしらったワンピース姿でたたずんでいた。赤紫色のベルトを締めている。肩にかかる髪が黄金のように光り、とっさに浩はアーシャの髪も自分と同じ鳶色かといぶかしがった。しかし、それは大きな二重窓の向こうからレース目を透して注ぐ日の光りのいたずらで、実際のところは姉と似た、光沢のある黒髪なのである。

リビング風の広い部屋には机、ベッド、洋箪笥、そして中央に白地のティーテーブルがあり、天板にチェスボードが置かれていた。すでに並べられた駒は、浩が持っている駒の二倍近くも背が高く、部屋に満ちる外光を受けて、鈍く輝いている。

「アーシャ、こちらがイリヤ。チェスの名人」

浩は大慌てで、会釈を返すのも忘れて声を張り上げる。

「名人じゃありません。始めたばかりで、もしかしたらアーシャさんの相手にはならないかもしれません」

アーシャは目許をくずして頭を振った。その楽しそうな表情は、姉の面だちと重なるところがありそうだ。

「私も弱いけど、練習だからいいわよね。さあ、始めましょう」と、浩にティーテーブルの椅子をすすめる。

「最初は、私が白を持つわね」

アーシャがクイーンの前の兵士駒を二升《ます》進めてゲームが始まる。

序盤早々、浩陣の駒がきれいに払われて劣勢になったが、大好きな駒であるナイトとルークを使いアーシャのクイーンの力を殺ぎ、途中ではずいぶんと盛り返した。しかし、序盤についた差を詰めることができないままこのゲームを失った。

次の対戦は浩の先手である。浩の頭の中は、手を読むことと勝つことしかなくなり、脇目も振らず盤を凝視しつづける。軽いノックに続き扉が開くと、そこにはリーナさんではなく、姉妹の母親が盆をたずさえて立っていた。テーブルに焼き菓子の載った皿と紅茶が置かれる。浩はその母親が自分に何か話しかけようとしている気配を察したのだが、神経を盤上から引き離すことができず、お座なりな挨拶で応えるのがやっとであった。

その対戦にも負け、次のゲームでやっと勝つことができた。それはアーシャがまだ自分の中で消化しきれていない序盤の指し方を試したせいだと、浩は気づいていた。

玄関の扉を開けると、綿雲が夕映えに染まり、金粉を帯びた繭《まゆ》のように浮かんでいる。リーナさんとアーシャが門まで一緒である。アーシャが一冊の本を差し出して、浩に声をかけた。リーナさんに似かよってはいるが、ずっと柔らかく、少しくぐもる声である。

「イリヤ、この本貸すね」

外国の本だ。

「お爺さまからいただいたチェスのテキストなの。ロシア語で書かれているわ。でも、ほとんど図解だらけだから、ロシア語を知らなくても読めてしまうわ」

迷う隙も与えず、アーシャはその本を浩の腕の中に押しつける。

「次は、いつ遊びに来られるの？」

アーシャの問いを聞いて、浩は胸をなで下ろした。先ほどから「また来てもいいか」という念押しをしたかったのだが、どうにも切り出せなかったのである。

「来週の日曜日は大丈夫ですか」と言いながら、浩は知らず知らずに保護者であるリーナさんの表情をうかがった。

「もちろん、大丈夫。私はこのところ、いつでも大丈夫なの」

アーシャの明るい調子の一言にリーナさんが笑い声をたて、気がかりから解放されたばかりの浩もつられて笑みをこぼした。

約束の日の天気は先の週から一変し、町がすっぽり冷たい空気に包まれていた。浩は母が市電を乗り継いで求めてきたアップルパイの箱詰めを手提げ袋に入れると、それを自転車のハンドルにぶら下げて出発した。分厚い雲が日差しを完全にさえぎり、お屋敷町の中通りは、両側の高塀や樹木の暗い影の底に沈んでいた。

見舞いに来ているアーシャの友人たちがいまだ帰らないということで、家政婦の案内で浩は応接間に通された。母親もリーナさんも不在のようだ。応接間といっても、正面の小振りな二重窓の前に大きなデスクが据えられ、両側の壁に書棚が並ぶ様子からすると、以前は書斎として使われていたのだろう。応接テーブルには花瓶が置かれ、溢れんばかりのスズランが盛られている。

ジュースのグラスを前にしばらくソファーに腰かけていたが、じきに飽きて、浩は書架につまった書籍の背表紙を眺めることにした。片側は作家の個人全集や古典、図鑑のたぐいが納められており、もう一方は洋書でびっしり埋まっている。革表紙の本を一冊抜いて、表紙に目を落とすと、そこに記された文字はアーシャから借りたチェスのテキストの文字と似通っている。ロシア語にちがいない。

バタバタと足音がして扉が開き、アーシャが飛び込んできた。

「ごめんなさい、お待たせして」

すぐに浩の腕にある本に気づいたようだ。「ロシア語の本が多いでしょう。去年亡くなったお爺さまの本なの」

「お爺さまって、学校の先生か何かをしていたの」

いぶかしがる浩を前に、アーシャはソファーに腰をおろした。

「違うわ、お医者さんだったの。お爺さまから聞いたお話をしましょうか。戦争が終わる半年ほど前に、あるニュースが入ったそうよ。ソビエトとアメリカが、日本を北海道と内地のふたつに分けて占領することが決まったと。北海道がソビエトの植民地、内地全部がアメリカの植民地になるのだと。それを聞いて、お爺さまは何人かの友達とロシア語の講習会を始めたのですって。函館はロシアから移り住んだ人の家族も多いでしょう。そのひとりを先生にして。

結局、北海道もアメリカに占領されたので、その塾は解散。仲間は、こんなことなら英語にしておけば良かったと悔しがったそうよ。でも、お爺さまは少しかじったロシア語を好きになってしまい、ずっと趣味で勉強を続けたの。だからこんなに本が残っているのよ」

アーシャの話は浩には漠然としていて、疑問符が沢山浮かぶのだが、「やはり年下ね」と思われるのが癪《しゃく》で口には出せない。その代わり、「アーシャもロシア語を勉強しているの」と尋ねた。借りたチェスのテキストのことが念頭にある。

「家族中がロシア語クラブにされかけたけど、お父様と私は逃げ出しちゃったわ。私にとってのロシアの名残は、亜紗という名前の響きだけかしら。でも、お爺さま贔屓《ひいき》の理奈姉さんは、すっかり虜《とりこ》にされちゃったの。今でも、毎週日曜日にロシア語を習いに行っているのよ。それに、来年から本格的に勉強したいと、大学の受験勉強も始めているの。去年大学を卒業したばかりなのに」

浩が目を見張るのを察し、アーシャは「しまった」という表情を浮かべる。しかし、すぐに秘密同盟に引きずり込むのだ。

「イリヤ、私がお姉さまのことを話したのは内緒ね。どうなるか分からないけど、札幌か東京の大学を目指しているのよ」

浩はあと半年あまりで卒業すれば、この小学校ともリーナさんともお別れだなと思ったことがあった。でも、そのふたつとも、巣立つ浩が後に残していくものであり、残っている限りまたこちらから会いにいけるのだ。逆に浩の許から去って行くのであれば、再び会える確証はない。その上、リーナさんが本でも図書室でもなく、全く別なものにあこがれを抱いていることを知ってしまうと、何だか落ち着かない気持ちになるのだ。

再び日曜日が訪れ、浩はお屋敷の呼び鈴を鳴らした。呼び鈴を押すたびに気が張りつめる。浩の家の門にも呼び鈴はあるが、門扉《もんぴ》抜きの柱についているせいか、ほとんどの来訪者はさっさと勝手口に回り込み、そこで声をかけるか、玄関のガラス戸を叩くばかりで、室内で呼び鈴が鳴るのは滅多に聞いたことがない。

リーナさんが門のところまで小走りでやって来た。アーシャと密約を結んでから、浩はリーナさんと真っすぐ目を合わせるのが苦手になってしまい、つい目許ではなく顎のあたりに視線を向けてしまうのだ。

「イリヤ、突然で悪いけど、今日チェスはお休みにして遠出にしましょうよ。昨日の往診で、アーシャに外出許可で出たのよ。今日一日だけなんだけど。それに素晴らしいお天気でしょう」

その提案に浩は興味をひかれもし、同時にほんの少し気持が和らぐのを覚えた。この頃チェス勝負は浩が押し気味だった。ただ、その勝ち方はアーシャの教科書どおりの指し方を教科書知らずの浩が搦手《からめて》から崩しているようなものである。詰まされたキングを見つめながら、下唇を僅かに嚙み、細い指先を額に当てるアーシャの様子をうかがうのが、浩は段々辛くなってきたところだった。かといって、自分が負けてアーシャの誇らしげな顔を見るのも嫌なのだが。

アーシャは花柄のプリントをあしらったグレー地のワンピースに白いリネンのカーディガンという、大人っぽい服装で現れた。つばの狭い渋柿色のハット帽を頭に載せている。広いリボンのついた麦わら帽子を被り、カジュアルな夏の装いのリーナと対照的である。アーシャは空を眩しそうに見上げると、しなやかな身ごなしで通りへ降り立った。あたかもデビューを飾る女優のごとくに。ただし、久しぶりの外出に気持ちがはやるのか、じきにアーシャの体裁は崩れてしまい、ついには浩と市電の停留所までの駆けっことなる。

目指すのはハリストス正教会である。リーナは浩とアーシャの観光ガイド役を務めた後に、ロシア語の個人授業を受けに行く手はずとなっている。市電は松風町で空き始め、車内でゆっくりお喋りができるようになった。ここでアーシャのハリストス訪問は二度目だということがリーナに指摘された。ずっと以前に、アーシャが元気だった頃のことだ。しかし、当の本人は覚えていない、お姉さまの勘違いだと言い張り、浩もリーナも笑顔で応える。ふたりはまれな遠出を許されたアーシャお嬢様の引き立て役に回ろうとしていた。

十字街で市電を降り、電車通りをしばらく歩くと、勾配のある大通りと交わる角に、見上げるような広い窓のレストランがある。

料理をオーダーすると、リーナは腕時計に目をやり「ここで少しゆっくりしましょうね」と宣告する。「お昼前の御祈禱が終わるまで見学者は御聖堂には入れないのよ」予定より早めに着いてしまったようである。しかし、姉妹同士のとめどないおしゃべりが続くうちに、あっと言う間に時間が過ぎていった。外出先のアーシャは目が輝き、屈託なく笑い転げ、チェス盤の前で額に手を当てている少女とは大違いである。

お皿が置かれるのに合わせたように、窓越しに鐘の音が響いてきた。フォークの手を止める浩の耳にリーナさんが口を寄せ、「多分この鐘はカトリック教会かキリスト教団の鐘よ。ハリストスは静かですもの」と耳打ちをした。

十字街からいくつか筋を変えながら上った先に、その教会は松葉色の尖塔をそびえ立たせている。鐘楼が大きくなるにつれ視界いっぱいの空の色が深みを増し、函館山の頂から小さな綿雲が隊列を組んでゆったりと流れてくる。

聖堂の高い白壁を、膨らみかけた薔薇の赤い蕾が一面を彩っている。

入口を抜けると、リーナさんが先になり、小ぢんまりした啓蒙所をぬって進んだ。

「これを見せたかったの」とリーナが、浩とアーシャの顔を代わる代わる振り返りながら、イコノスタス正面に向かって両手を広げる。

天井近くまでイコン画が幾重にも掲げられ、聖人たちがシャンデリアの黄金色のランプを浴びて浮かび上がる。左右の壁には、手を伸ばせば届きそうな高さに、どこか懐かしい図柄のイコンが、額縁に収まり聖母や聖蹟《せいせき》の場面を伝えている。

浩は、左右そして天井へと顔を巡らし、どこにもあの磔刑《たっけい》の姿が見当たらないことに安らぎを覚えた。

以前、浩は父に連れられ、風見鶏の尖塔を持つカトリック教会をのぞいたことがあった。その建物を後にすると上手に立つこのハリストス正教会にも回ったのだが、拝観時間ではないと断られ、入ることができなかったのである。風見鶏の教会には側廊に沿って十字架の道行きの絵が順に掲げられていた。そこで父の短い説明を聞きながら、キリストの生涯をたどったのだ。その史実は理解しやすいものではない。とくにキリストの昇天から復活にかけては模糊《もこ》としている。そして、刑場までの道中背負い続けた十字架の杭に、自らの生身を釘で打ちつけられる場面は痛々しく、浩は思わず自分の手のひらの古傷を眺めたものだ。

この教会のイコン画はそんな残虐さからはほど遠く、キリスト本人ばかりではなく、キリストを囲む様々な人たちが健気に美しく描かれている。

玄関を出たところで、リーナが声を上げた。

「パーネチカさん」

格子柄のジャケットを羽織った白髪の老人が、入口の石段の下からこちらを見上げていた。灰色の瞳が嬉しげに輝いている。

「リーナ、久しぶり。元気かい。君がロシア語を習い始めたことは皆から聞いているよ」

「ご無沙汰しています。こちら」と、手振りでアーシャと浩を示す。

「妹のアーシャとお友達の浩くん」

老人は、アーシャと浩に等分に笑いかけ、会釈を返した。そして身を少しかがめると、ポーチの石段から降り立ったアーシャに話しかけた。

「すっかり可愛い貴婦人になったね、アーシャ。白い毛皮のコサック帽が良く似合いそうだ」

そしてリーナの方をちらっと垣間見てから、真剣な目つきでアーシャの瞳を見据え言葉を紡《つむ》いだ。

「病気のことは聞いている。心配することはない。心臓の病は呼吸器と一緒で、成長するに従って自然に治ることが多い。君のお爺さんも私と同じ事を言ったはずだ。それに、医学の進歩は速い。とくに日本ではね」

アーシャがつかえ気味に「スパシーバ　ザ　ビスパコーイストラ、パーネチカさん」と言ったので、老人とリーナが顔を見合わせて笑い出した。

「妹さんは末頼もしいよ。いつか私の父の名前も紹介しなくては。ところで、きみたちはこれからどこに」

リーナが頷く。

「私は、これから教室に。この子らは家に戻ります。アーシャは久しぶりの外出なので、疲れ過ぎないうちに帰らせようと思います」

「そうか。私はこのあと司祭さんと話があってね。ここで失礼するけど、今度皆でゆっくり食事でも、とご両親に伝えて欲しい」

そう言うなり、老人は軽く手をあげ、聖堂の横手の司祭館の方角へ足早に歩み去って行く。

三人はポーチから長い石段をくだり、下手に立つ風見鶏の教会の裏手へと降り立った。ここでリーナさんとお別れである。

「ふたりとも帰り道は大丈夫ね。湯の川行きに乗るのよ。イリヤ、アーシャをちゃんと送ってね」

リーナはそこから西へ、浩たちは逆方向へと歩き始める。しかし、ものの一、二分もたたない内に、アーシャが立ち止まり、横を歩く浩の顔をのぞき込む。

「イリヤ、まだ時間が早いから遠回りして帰りましょうよ」

なるほど陽は高く、乾いた風が心地よく頬をなで、もっと先へと誘っている。

「いいところがあるの。私についていらっしゃい」とリーナさんのような断言口調となる。そして、「イリヤには面白くないかもしれないけど」とつけ加える。

アーシャは身をひるがえすと、先ほどリーナが歩み去って行った通りをたどり始める。行く手はずっと先まで見渡せるが、リーナは脇道にそれたのか、あるいはいずれかの建物に入ったのか、その後ろ姿は影も形もない。

通りはなだらかに起伏を打ちながら続いていた。坂道をよぎるたびに、建物の間から港のある湾頭が望める。ここからは倉庫や停泊船がおもちゃのように見える。浩らが進むにしたがい眼下の港は景観を変えていく。しかし、どちらかと言えば、先を急ぐふたりにとっては単調で長過ぎる道のりである。

「確かこの通りを真っすぐで良かったはずだけど」と、アーシャの声は少し息が上がっている。浩はリーナさんの「アーシャをちゃんと送ってね」という別れぎわのひと言や、パーネチカ老人の「心臓の病気」という言葉を思い出し、両頬から首筋にかけてあわ立つのを覚えた。アーシャの方をうかがうと、日差しを正面から受ける横顔が、心持ち青白いようである。額には汗が浮いている。アーシャはどこへ行こうとしているのか、道順を勘違いしていないのか、問いかけるきっかけを探しているうちに、延々と続くと思われていた道が突然終わり、ストンと崖の上に出るのだった。目前に群青色の海原が広がっている。

「もう少しよ、イリヤ、こっち」アーシャが見かけ以上に元気な声を上げると、足取りを速め崖ぎわの坂道を先へ急ぐ。高度が上がるにつれ右手の海と行く手の空が急に拡がり、白い墓標の並ぶ墓地へぶつかった。

「私、ここに来たかったの。どう、イリヤ」

なだらかな斜面に沿って、萌黄色の芝草の間に墓碑が立ち並んでいる。石は薄い直方体であったり、十字架にかたどられたり、思い思いの様相をしているが、向きだけは整然と、そろって蒼海の先を見つめている。墓園の間道をぬって登っていくと、あたりの景観が山頂の様相を示しだし、遮られることのない風が海から吹き上げてくる。水平線の向こうにおぼろな山並みが浮かんでいる。

この一帯の一等地を占めているハリストス正教会の墓地が現れた。手前の修道院の墓地との境は濃い下草で区切られ、そこに数本のケシの花がまじっている。天頂を指す十字架状の墓石の先端が、日差しを受けて白い光を放つ。

先を歩くアーシャがこちらを振り向いた。そのアーシャの血色の消えた顔色に気づきし、浩は目のやり場を失う。

「私ね、死んだらこの墓地のどこかに入りたいわ。ずっと雲と海を見ていられるもの。たとえ魂が空の上に召されていてもよ。でも、うちは仏教徒だから駄目ね」と、最後はささやき声になる。

「お姉さまはこのままいくと、もしかしたら改宗するかも。お姉さまは懸命に私をロシア好きにしようとしているのよ。私の具合が悪くて臥せっているとき、退屈でしょうって言って、ベッドの横でロシア語を教えてくれるの。教え方が上手だから、ずっと聞き入ってしまうけど」

アーシャは、浩から視線を逸らすと、目をしばたたかせてきらめく海原を見やった。

「でも、私はお父様と同じで英語派なの。英語を勉強してアメリカに行きたいわ。お父様は私が高校生になったら、ご自分が入っている奉仕クラブの制度を利用して、留学させてくれるそうよ。

だけど、中学の前で足踏みしているし、アメリカは遠ざかるばかりよ」

そして、海から目をそらさず、「イリヤはどう思う」と続けた。

「アメリカのことかい」

「いいえ。お姉さまのことよ。心配でしょう」

風がいっそう強く吹き、アーシャがあわてて帽子を押さえるのが目に入る。

「私はリーナの代わりになれないものね」

浩はこの場から逃げ出したい思いにかられる。しかし、逃げ出さない。自分は何からも逃げ出してきた。泣く子を残して砂山から逃げ出した。その子は消え、もう戻ってこない。そのほかたくさんのことから逃げ、目をそむけ、それらは二度と戻ってこない。

その時である。頭上から、「ヒョー」と切り裂くような叫びが響き、アーシャが思わず浩に身を寄せた。脈打つようにたくさんの枝を伸ばしたケヤキの梢に、数羽の鳥が胸をそらせてとまっている。ふたりを見下ろすというより、視線はもっと先へ、湾から出て海峡へ向かう大型連絡船を凝視している。

「お姉さまから、イリヤは博物学者だって聞いているのよ。あの怖そうな鳥は何という名前なの」

浩はとっさに「ヒヨドリだと思う」と弱々しく答えたが、自信があるわけではない。図書室の図鑑で見る鳥は大きさがわからないので、目の前の現実の鳥との特定は簡単ではない。羽並みと色合い、そして向きを変えるのを待って横顔を観察し、やはり間違いないという確信を持つことができた。

自分の後ろにいるはずのアーシャに伝えようと向き直ったが、そこに彼女の姿はない。ハリストスの墳墓群に目を走らせる。アーシャの帽子と白いカーディガン、その無彩色の影が、白々と立ち並ぶ墓石や木立にまぎれていないかと思ったのだ。しかし、動くものは何ひとつない。

浩はここを探すのをあきらめて、崖ぎわの別な墓園へ足を向ける。

吹き寄せる海風に逆らい、鳥が一斉に飛びたった。

了

あとがき

この物語は九つの短編、十二のエピソードで構成されています。同一主人公の成長を編年という形で追うこととしたため、連作短編といえるかもしれません。

主題として「原罪」を、傍題としては「中心と周縁」を据えたつもりです。しかし、時代背景を、自分がよく知る一九五〇年代末から六〇年代に設定したこともあり、筆を進めるにつれ、当時の時代相を留め置きたいという欲が湧いてしまいました。この企図のせいで、本来のテーマが紛れることなく、幾ばくかでも、普遍的なものへの昇華に寄与していることを願うばかりです。

連作短編という括りからすると、初編「秋のコント」でまれびととして神が現れ、星々となって再臨する「レンズマン　リターンズ」で収束を迎えることになります。

しかし、主人公にもう少し齢を重ねさせたかったのと、時代相ひいては社会構造を漏れなく標《しる》すためには、嵌め込むピースがもう一枚必要であろうと考え、掉尾に「お屋敷町のアーシャ」を据えることにしました。「お屋敷町のアーシャ」は、やや独立した作品になるかもしれません。

こちらは数年前に文芸社の児童書コンテストに応募し、選外とされたものです。改めて塵埃を払い、光を当てていただいた編集担当各位に感謝を申し上げます。また、その後の励ましや講評も力になりました。

主題などと大上段に構えはしたものの、底流をなしているのは、郷愁であり、ある種の感傷なのだろうと思います。

ここで描いた風景も事柄も、明日を前にして立ち竦んでいた少年少女たちも、時の彼方へと消えてから、ずいぶん久しくなりました。

（二〇二三年七月一日）

著者プロフィール
岡　光（おか ひかる）
1953年　小樽市生まれ
1977年　慶應義塾大学卒業
趣味　山歩き　街歩き　自然観察　盤上ゲーム　SNS等

イラスト：井上 美奈

少年少女

2023年12月15日　初版第１刷発行

著　者　岡　光
発行者　瓜谷 綱延
発行所　株式会社文芸社
〒160-0022　東京都新宿区新宿１－10－１
電話　03-5369-3060（代表）
03-5369-2299（販売）

印　刷　株式会社文芸社
製本所　株式会社MOTOMURA

ISBN978-4-286-24734-2